Buffy

CONTRE LES VAMPIRES ™

DANSE DE MORT

par

LAURA ANNE GILMAN

ET

JOSEPHA SHERMAN

FLEUVE NOIR

Titre original :
Buffy the Vampire Slayer : Visitors
Traduit de l'américain par
Isabelle Troin

Collection dirigée par
Patrice Duvic

ISBN : 2-265-06992-2

A Joss Whedon, aux acteurs et aux techniciens de Buffy contre les Vampires. *Merci de nous avoir invitées à Sunnydale. Nous n'aurions jamais cru prendre un tel plaisir à retourner au lycée !*

PROLOGUE

Buffy Summers inspira une grande bouffée d'air nocturne et expira joyeusement. Le printemps arrivait à Sunnydale. La température remontait, l'herbe poussait et les vampires chassaient.

Cela dit, ce n'est pas comme si la saison venait juste d'être ouverte. Et il n'y a pas de garde-chasse pour les surveiller.

— Pourtant, ça m'aiderait bien, murmura la jeune fille en tournant à l'angle d'une rue. « Désolée, Crocs-Jaunes, mais ton permis a expiré. » Pas mal. Je la replacerai, celle-là.

La chiche lumière dispensée par les lampadaires suffisait tout juste à percer les ombres, mais Buffy se déplaçait avec assurance. Les voyous ne figuraient pas en tête de sa liste des Choses à Redouter, loin s'en fallait. Des créatures bien plus dangereuses arpentaient la ville autrefois connue sous le nom de *Boca del Infierno* : la Bouche de l'Enfer.

A cette pensée, Buffy se retourna pour vérifier que deux de ces monstres étaient bien en train de la suivre discrètement.

Ou d'essayer, au moins. Un des rares avantages d'être la Tueuse – la seule fille de sa génération ayant la force et les pouvoirs nécessaires, bla bla bla –, c'était que très peu de gens pouvaient la prendre par surprise.

Même si le mot « gens » ne s'appliquait sans doute pas aux morts-vivants.

— Alors, les gars, vous comptez m'inviter à danser ou me regarder en chiens de faïence jusqu'à ce que je fasse le premier pas ?

Piqué au vif par cette provocation, le vampire de gauche avança en découvrant des crocs qui n'avaient pas vu le dentiste depuis...

Qui n'avaient jamais dû voir le dentiste !

Un coup de pied tournant à la poitrine le força à reculer, laissant à Buffy le temps de sortir un pieu de son blouson pour le lui plonger dans le cœur.

— Chat ! A moi de jouer, dit-elle en se tournant vers le second vampire.

Echaudé par le sort de son camarade, celui-ci s'approcha plus prudemment, essayant de trouver une brèche dans la défense de son adversaire.

Mais il n'y en avait pas.

Alors que le mort-vivant explosait, Buffy se figea. Un frisson courut le long de sa nuque, à l'endroit où les mèches de cheveux blonds échappées de sa queue-de-cheval collaient à sa peau trempée de sueur.

De deux choses l'une : soit c'était le vent, soit son sixième sens de Tueuse l'avertissait de l'arrivée de renforts vampiriques.

— Allez, bougez-vous ! marmonna-t-elle entre ses dents. J'ai un contrôle d'histoire demain matin, et si je rentre assez tôt pour étudier, j'aurai une chance de décrocher la moyenne, pour une fois.

Quelques secondes passèrent. La jeune fille soupira.

— Pas de candidats au suicide ? Tant pis pour vous.

Rangeant son pieu, elle se frotta les mains avec la satisfaction du devoir accompli.

— Un jour, ils comprendront peut-être que m'attaquer les uns après les autres est le meilleur moyen de finir en chich kebab. Mais je ne vais pas me plaindre de leur totale absence de cervelle...

Buffy jeta un coup d'œil à sa montre, puis à la rue résidentielle déserte. Assez de nettoyage vampirique pour ce soir ; il était l'heure de rentrer chez elle et d'enlever son costume de Supergirl pour redevenir une lycéenne studieuse.

Quant au pressentiment qu'elle avait eu après l'explosion du second vampire... La jeune fille haussa les épaules. S'il en restait d'autres dans les parages, ils avaient dû changer d'avis et décider de remettre leur suicide au lendemain.

Dissimulée dans l'ombre, la créature grimaça, révélant ses crocs acérés.

Puis elle s'éloigna en silence.

Cette jeune femelle avait une aura à nulle autre pareille. Une aura de prédateur comme la sienne. Pourtant, elle ressemblait à une humaine.

Mais quelle humaine serait capable de traquer les buveurs de sang sans éprouver de peur ? Elle a tant de pouvoir et elle a l'air si forte...

Forte, mais pas invincible.

Un frisson de plaisir parcourut la fourrure de la créature. Se repaître de ce pouvoir, boire à la source de cette énergie vitale... Comme ce serait bon !

Mais pas tout de suite. Pas avant d'avoir déterminé la nature de cette étrange puissance.

Inutile de se presser. Il y avait tant d'autres vies à moissonner dans cet endroit. Des vies incapables de lui opposer une résistance, des vies faciles et amusantes à prendre.

Quant à la chasseuse qui deviendrait bientôt sa proie... Le monstre n'avait pas peur d'elle. Bien au contraire !

CHAPITRE PREMIER

— Dieu du ciel !

Brandissant une lettre expédiée par avion, Rupert Giles s'immobilisa sur le seuil de son sanctuaire – la bibliothèque du Lycée de Sunnydale – si brusquement que Buffy lui rentra dedans.

— Giles..., soupira-t-elle.

Son Observateur regarda autour de lui d'un air hébété.

— La bibliothèque est pleine de gens, gémit-il.

— C'est un endroit public, vous savez. Tout le monde a le droit d'y venir. A condition d'en avoir envie.

— Bien sûr. Mais d'habitude, elle est... hum... étonnamment déserte.

Ce qui faisait bien l'affaire de Giles, soupçonnait Buffy. Ainsi, il n'avait pas besoin de remplir ses fonctions officielles de bibliothécaire et pouvait se concentrer sur les véritables raisons de sa présence à Sunnydale : servir de protecteur à l'actuelle Tueuse de Vampires, et garder un œil sur les phénomènes surnaturels fréquents dans le coin.

Pour une fois, la grande table autour de laquelle se réunissaient Buffy et le reste de sa bande – Willow, Alex, Oz et Cordélia – était occupée par une demi-douzaine de personnes : cinq femelles jacassantes et un type un peu trop âgé pour un étudiant ordinaire.

Mais qu'est-ce qui est ordinaire ici ? songea Buffy. *Les loups-garous, les sorcières, les filles invisibles, Cordélia...*

Les nouveaux venus avaient étalé leurs livres et leurs affaires personnelles sur la table comme si elle leur appartenait. Visiblement, ils s'étaient mis à l'aise, et Buffy en fut presque offusquée. C'était sa bibliothèque et son bibliothécaire !

— Puis-je vous aider ? s'enquit Giles, fourrant la lettre dans sa poche avant de se lancer dans sa meilleure imitation d'un bibliothécaire anglais coincé.

Ce qui ne doit pas être si difficile pour lui...

— Non, tout va bien.

La jeune femme qui avait répondu était bourrée de charme, dut reconnaître Buffy à contrecœur : une brunette avec une attitude de cheftaine qui lui allait bien. Comme Cordélia, mais en moins évaporée et méprisante.

— Les professeurs stagiaires, lâcha soudain Giles. Bien sûr. Le proviseur Snyder ne m'a parlé que de ça toute la semaine dernière.

Buffy s'en souvenait à présent. Encore un programme éducatif de l'université locale. Une de ces « expériences de la vie active » dont l'idée plaisait tant à sa mère, mais qui présentait pour la jeune fille l'inconvénient majeur de saboter les week-ends.

Génial. Comme si nous n'avions pas déjà assez de profs, songea-t-elle.

Au moins ceux-ci ne resteraient que quelques semaines...

— Giles, Buffy m'a demandé de vous dire que...

Willow Rosenberg entra dans la bibliothèque et s'arrêta net en découvrant les intrus. Sur son visage défilèrent successivement la surprise, la contrariété, la perplexité et enfin l'hébétude la plus totale.

Buffy dut reconnaître que cette expression seyait à merveille à son amie. Il lui suffirait de la perfectionner un peu pour devenir une recrue de choix de la CIA, ou d'un des trusts informatiques décidés à conquérir subrepticement le monde.

Se donnant beaucoup de mal pour ignorer les stagiaires, Willow reprit, un ton plus bas :

— Buffy m'a demandé de vous dire que... Oh, Buffy. Tu es là. Dans ce cas, je suppose que tu peux t'en charger toi-même.

— Willow devait vous prévenir que je passerais à l'intercours, dit Buffy, mais elle a oublié. Elle est complètement obsédée en ce moment.

— C'est faux ! s'indigna son amie.

— C'est vrai.

— Pas du tout. Enfin, peut-être un tout petit peu...

— Quelqu'un pourrait-il m'expliquer ce qui se passe ? intervint Giles, agacé.

— Vous avez entendu parler de la Guerre des Groupes ? demanda Buffy. (Puis, devant l'air ébahi du bibliothécaire :) Visiblement pas. Les Dingoes Ate My Baby vont participer à une sorte de concours musical qui opposera des groupes de toute la région, et Willow ne pense qu'à ça depuis des jours.

— Mais non, se défendit faiblement son amie.

— Mais si, mais si, dit Buffy en lui tapotant la main. Ton cerveau s'est transformé en compote de pommes. (Elle se tourna vers Giles.) Bref, je voulais vous dire que je ne pourrai pas m'entraîner ce soir : ma mère veut qu'on dîne ensemble.

Passé le choc initial de découvrir que sa fille unique avait été élue pour chasser les vampires et les démons, Joyce Summers s'était plutôt bien adaptée à la situation.

Elle avait supprimé le couvre-feu imposé à Buffy jusque-là, ce qui évitait à la Tueuse de rentrer et de sortir de chez elle par la fenêtre de sa chambre – même s'il lui arrivait encore de le faire par habitude. En revanche, elle avait instauré un Dîner Hebdomadaire Obligatoire au cours duquel elle entendait avoir avec Buffy de Véritables Conversations.

— Je saisis, dit Giles.

Il jeta aux professeurs stagiaires un regard soupçonneux, comme s'il craignait de les voir faire une partie de volley-ball avec un de ses précieux ouvrages en guise de ballon.

— C'est très compréhensible, reprit-il. Même si le danger augmente avec le nombre de personnes au courant de tes... hum... activités extrascolaires, je pense que bénéficier du soutien de ta mère est une bonne chose. Et tant pis si le Conseil n'est pas d'accord avec moi. Profites-en pour étudier un peu ce soir.

— Etudier ? répéta Willow, surprise.

— Je vous avais bien dit qu'elle ne pensait qu'à Oz et à son groupe, triompha Buffy.

Son amie s'empourpra.

— Ah oui, étudier. Après le dîner avec ta mère. Bien sûr. (Elle se tourna vers Giles.) Alors, euh... Vous avez reçu de nouveaux livres ? demanda-t-elle pour changer de sujet.

— Non, Willow. Je t'ai déjà dit que je ne te laisserais pas lire les... (Giles jeta un coup d'œil par-dessus son épaule, mais les stagiaires semblaient absorbés par leurs recherches.) ... Les ouvrages les plus anciens de ma collection, acheva-t-il.

— Vous ne me faites pas confiance, lâcha tristement Willow. Buffy, il ne me fait pas confiance.

— Ce n'est pas la question, coupa Giles, excédé. Enfin, pas exactement. Willow, nous reprendrons cette conversation plus tard. Pour le moment, j'ai des papiers à remplir avant que le proviseur Snyder ne vienne me harceler une fois de plus.

— Snyder ? Ici ? couina Willow. Je viens de me rappeler que j'ai un cours dans cinq minutes. A la prochaine...

— C'est ça, à la prochaine ! renchérit Buffy en suivant son amie qui battait en retraite dans le couloir.

Un ricanement venu de la table indiqua deux choses à Giles : *primo*, les stagiaires n'avaient pas perdu une miette de leur conversation, en dépit des apparences ; *secundo*, après quelques heures de présence au lycée, ils partageaient déjà l'opinion générale au sujet du proviseur.

Giles leur fit un sourire contraint, puis plongea dans son bureau et referma la porte derrière lui.

Une fois seul, il se laissa tomber dans son fauteuil avachi et sortit la lettre de sa poche pour la relire.

Il devait se faire une raison : le Conseil leur envoyait quelqu'un.

— Pourquoi ? marmonna Giles. N'avons-nous pas déjà prouvé notre valeur à maintes reprises ?

Il jeta un coup d'œil à la pendule. Oui, il pouvait appeler l'Angleterre et exiger des explications.

Non, se ravisa-t-il. *Si c'est encore un test, nous ne devons pas avoir l'air de paniquer. Mieux vaut rester naturels et traiter cette visite comme un événement ordinaire, un inconvénient mineur. Inutile d'en parler à Buffy : elle a déjà assez de soucis en ce moment.*

Comme le dîner hebdomadaire avec sa mère, par exemple.

Giles fit la grimace. Qui des deux était le plus à plaindre : la Tueuse ou Joyce ?

Il n'en était pas certain.

— Buffy, ce n'est pas comme si je te demandais de me consacrer ta vie entière. C'est juste une soirée.

Ne voulant pas lever les yeux vers sa mère, la jeune fille contempla sa nourriture. Jusqu'ici, tout s'était bien passé. D'accord, elles n'étaient à table que depuis dix minutes. Mais elles avaient mis le couvert en chantant à tue-tête les vieux tubes que diffusait la radio, comme autrefois.

— Maman, ce n'est pas de la mauvaise volonté. Je sais à quel point ce vernissage compte pour toi...

— Ah oui ? A combien d'autres as-tu daigné assister, au juste ? Sans aller jusque-là, combien de fois as-tu mis les pieds à la galerie depuis sa création ?

Buffy leva la tête, indignée.

— Trois fois. Pour l'expo de tissus japonais, celle de masques africains et le truc bizarre avec la nourriture indienne où Alex a failli avoir besoin d'un lavage d'estomac, c'est beaucoup non ?

Hélas, son triomphe fut de courte durée.

— La première fois, c'est Willow qui t'a traînée parce qu'elle s'intéresse au Japon ; la deuxième, ton prof d'histoire avait promis des points supplémentaires aux élèves qui feraient un exposé sur l'art africain. Quant à l'expo indienne, tu pensais sans doute qu'elle aurait un rapport avec le soleil, la plage et des indigènes bronzés en maillot minuscule.

Buffy étudia attentivement le morceau de poulet piqué au bout de sa fourchette.

— Je nourrissais de grands espoirs à cause de tes affiches, avoua-t-elle à contrecœur. C'était de la publicité mensongère !

— Buffy, je te demande juste de m'accorder une soirée, et je te préviens deux semaines à l'avance ! Je ne pense pas que ce soit la mer à boire, ni que ça fasse de moi une mère indigne.

— Je sais, je sais.

Buffy avait envie de faire plaisir à sa mère, mais pas de cette façon. L'idée de rester debout pendant des heures, à faire circuler les toasts, remplir les verres et caqueter poliment avec les critiques d'art lui répugnait encore plus que la perspective d'un contrôle de maths.

Ce qui n'était pas peu dire.

— Mais les autres et moi, nous avions prévu d'aller au cinéma ce soir-là, et je m'en réjouissais d'avance, avoua-t-elle.

Inutile d'expliquer à sa mère que ce serait la dernière nuit de liberté d'Oz avant de devoir rejoindre sa cage.

— Ce n'est pas que je veuille me défiler, continua Buffy, mais j'ai besoin de repos.

Généralement, le coup de la fille responsable et débordée marchait bien avec sa mère.

— En plus du lycée, plaida-t-elle, je me tape un boulot à plein temps : les horaires sont démentiels, la couverture sociale inexistante, et je ne suis même pas payée !

Buffy réfléchit, et décida que le moment était mal choisi pour parler d'une augmentation de son argent de poche.

— Pour une fois que j'avais l'occasion de me détendre pendant quelques heures et de me conduire comme une adolescente normale... C'est bien ce que tu voudrais que je sois, n'est-ce pas ? Tu ne pourrais pas engager quelqu'un pour t'aider au vernissage ?

Joyce Summers était une femme patiente et compréhensive, mais elle avait les mêmes problèmes que toutes les mères du monde.

— Ma chérie, soupira-t-elle, l'argent ne pousse pas sur les arbres ! Je ne peux pas me permettre d'embaucher quelqu'un ; aussi suis-je au regret d'insister.

— Mais, maman..., grogna Buffy en embrochant une feuille de salade avec un peu plus de vigueur que nécessaire.

— Fin de la discussion ! coupa Joyce. Honnêtement, on dirait que je te demande la lune !

Mais ça durera quelques heures, et tu pourras apporter tes devoirs pour t'avancer entre le moment où nous aurons achevé les préparatifs et l'arrivée de la presse.

Elle va encore remettre sur le tapis cette lamentable histoire de notes, pensa Buffy, frustrée. *C'est tellement injuste !*

L'adolescente prit une inspiration et tenta de se calmer. Elle n'affrontait pas un ennemi, et ce n'était pas une bataille : juste une conversation entre mère et fille.

— Je fais de mon mieux, gémit-elle, et tu le sais. Arrête de me torturer avec ça.

Joyce s'efforça de sourire.

— Ecoute, si tu viens m'aider pour le vernissage, je promets de ne pas te parler de ton bulletin pendant tout le week-end.

Buffy réfléchit à cette proposition en mâchant un morceau de poulet. Pour faire plaisir à sa mère et passer tout un week-end sans se faire harceler, rater une sortie avec ses amis valait presque le coup.

— Mettons une semaine entière et c'est d'accord.

— Ne marchande pas avec moi, chérie, répliqua Joyce. Je traite chaque jour avec des marchands d'art aux dents plus longues qu'une demi-douzaine de vampires réunis.

Sa mère plaisantait, mais Buffy était capable de sentir quand elle avait atteint les limites de sa patience. Si elle insistait encore un peu, son week-end de tranquillité allait disparaître en fumée aussi vite qu'un mort-vivant avec un pieu dans le cœur.

Parfois, même la Tueuse devait capituler.

Dans le ciel, un banc de nuages paresseux masquait le croissant argenté de la lune.

Buffy arpentait le cimetière, M. Pointu se balançant au bout de son bras. D'une certaine façon, utiliser le pieu offert par Kendra avant sa mort lui donnait plus d'assurance et l'aidait à supporter le poids de sa charge.

— On avait dit plus d'auto-apitoiement, se morigéna la jeune fille à voix haute.

Mais il était si facile de sombrer là-dedans...

Willow avait promis de l'accompagner pendant sa patrouille, pour lui faire réviser ses leçons en marchant. Au dernier moment, elle s'était défilée pour assister à une énième répétition des Dingoes Ate My Baby : la Guerre des Groupes n'aurait-elle pas lieu le week-end suivant au *Bronze*, comme elle le lui avait répété cinq fois ce jour-là ?

Non, elle n'est pas obsédée, songea Buffy. *Pas du tout.*

Mais la jeune fille ne pouvait pas blâmer son amie, qui préférait admirer les prouesses musicales de son cher et tendre plutôt que de traquer les morts-vivants en lui faisant réciter des théorèmes.

Les Dingoes Ate My Baby ont de la chance que la Guerre des Groupes n'ait pas lieu un soir de pleine lune ; sinon, ils auraient dû se débrouiller sans leur guitariste. Encore qu'ils se seraient fait remarquer sans problème avec un loup-garou sur scène...

Buffy se figea. Comme la veille, un frisson courait le long de son échine, et elle était à peu près certaine que ça n'avait rien à voir avec le vent. Ça ne ressemblait pas non plus au pressentiment surnaturel qui la mettait en garde contre la présence des vampires.

La jeune fille s'efforça de retrouver son calme. *Voilà que j'ai des hallucinations... Je me vois bien en train de raconter à Giles que j'ai écourté ma patrouille parce que je commençais à avoir peur de mon ombre. Ça devrait le mettre de bonne humeur dès le petit matin...*

Non qu'elle ait eu beaucoup de travail ce soir-là : elle n'avait pas encore aperçu les crocs d'un vampire, même stupide. La seule chose notable, c'était l'étrange impression qu'on la surveillait.

Si ça continue comme ça, je vais finir par m'ennuyer... Bah, comme dirait maman, l'ennui est une bonne chose quand on le consomme à petites doses.

Elle se représenta Joyce en train d'attendre anxieusement son retour, comme si elle passait la soirée avec un garçon. Mais sa vie amoureuse était encore plus moribonde que les créatures qu'elle pourchassait.

Un craquement sur sa gauche la fit sursauter. Oui, quelqu'un l'observait.

Buffy sauta sur le toit d'un mausolée pour balayer les environs du regard. Mais elle ne distingua rien, pas même un chat de gouttière se faufilant entre les tombes.

Où sont donc passés les vampires ? Au centre commercial ? Des soldes dont je n'aie pas entendu parler ?

Ça faisait si longtemps qu'elle ne s'était pas accordé un après-midi de shopping... Ni aucune autre distraction, d'ailleurs. Le dîner de ce soir ne rentrait pas vraiment dans la catégorie des moments agréables. Oh, elle n'avait rien à reprocher à la nourriture. Mais après que sa mère lui eut fait promettre d'assister au vernissage, la conversation était rapidement retombée.

Difficile de trouver des choses à se dire quand la principale occupation extrascolaire de Buffy était un sujet tabou. Au bout du compte, Joyce l'avait pratiquement jetée dehors en lui ordonnant d'aller patrouiller. *Je crois que je regrette l'époque où elle n'était au courant de rien...*

Une silhouette émergea d'un buisson derrière elle. Buffy pivota et, s'accroupissant, brandit M. Pointu d'un air menaçant.

— Ben alors, c'est comme ça qu'on accueille son meilleur ami ? gémit Alex, blessé.

— Qu'est-ce qui te prend de me sauter dessus à l'improviste ? J'ai failli t'embrocher, répliqua la jeune fille en sautant sur le sol pour le rejoindre.

— Désolé si je t'ai fait peur. Mais j'ai pensé que Willow t'avait posé un lapin, et je me suis dit que tu ne refuserais pas un peu de compagnie.

— Oh. Cordélia t'a planté pour la soirée, pas vrai ?

— Il y avait une nocturne chez Neiman Marcus, admit Alex. Je serai plus en sécurité à chasser les vampires avec toi qu'en l'accompagnant quand elle fait ses courses. Alors, combien en as-tu éliminé jusqu'à présent ?

— Zéro, avoua Buffy. Il se passe quelque chose de bizarre.

— Que veux-tu dire ?

— Je ne sais pas... J'ai l'impression qu'on m'observe depuis deux nuits ; quant à savoir qui... ou quoi !

Alors un gloussement moqueur s'éleva dans la nuit.

Les deux jeunes gens firent volte-face. Une seconde, ils aperçurent une silhouette massive qui se tenait sous le couvert des arbres, quelques pas plus loin.

— Que... ? balbutia Alex.

— Je ne sais pas encore, mais je ne tarderai pas à le découvrir, marmonna Buffy en avançant vers la créature.

Qui s'était déjà évanouie dans les ombres.

CHAPITRE II

Willow regarda autour d'elle et poussa un petit soupir de contentement. *Personne. Génial.*

Elle avait toujours adoré la bibliothèque le matin. Le calme studieux, la bonne odeur des livres entassés sur les étagères, l'absence de gens plus branchés qu'elle qui se moqueraient de ses vêtements...

Depuis l'arrivée de Giles, elle s'y sentait davantage chez elle que dans sa propre maison. En tout cas, elle y passait plus de temps. Alex avait raison : ils auraient dû installer un frigo pour avoir des sodas et des sandwichs.

Alex...

A la pensée de son meilleur ami, un frisson parcourut Willow. *Arrête ça !* Elle avait dépassé ce stade. Elle sortait avec Oz maintenant, et il la rendait heureuse. Sans compter que Cordélia avait l'air de tenir à Alex, aussi bizarre que ça puisse paraître.

Donc, tu ne penses plus à lui et tu te concentres sur Oz. L'adorable, l'imperturbable

Oz. Willow passait de plus en plus de temps avec lui et les Dingoes Ate My Baby.

— Seulement jusqu'à la Guerre des Groupes, murmura-t-elle. Après, on pourra recommencer à se voir rien que tous les deux.

La jeune fille but une gorgée de l'infusion que Giles gardait en réserve pour elle. *Pas mauvais, mais je préférerais...*

Elle jeta un coup d'œil nostalgique à la chope d'Earl Grey qui fumait de l'autre côté de la table. *Et si... ?*

— Non, Willow, dit sévèrement Giles, revenant juste à temps pour l'empêcher de commettre l'irréparable. Je ne veux pas devoir expliquer à Buffy pourquoi je t'ai laissée consommer de la théine.

Il porta la chope à ses lèvres.

— Au fait, tu cherchais quoi ?

— Rien du tout.

Willow mentait, c'était évident. Giles la connaissait trop bien pour se laisser prendre à son air innocent.

Il fit le tour de la table pour regarder l'écran de l'ordinateur par-dessus l'épaule de la jeune fille. Celle-ci cliqua hâtivement sur un bouton pour faire disparaître le texte qu'elle était en train de lire. Trop tard.

— Willow, je croyais que nous étions d'accord, grogna Giles.

— Vous avez refusé de me prêter vos bouquins, mais vous ne m'avez pas interdit de faire des recherches sur Internet, dit la jeune fille.

Giles soupira à fendre l'âme.

— J'aimerais bien que...

Avant qu'il puisse se lancer dans un de ses sermons soporifiques, la porte de la bibliothèque s'ouvrit, livrant passage à Buffy flanquée d'Alex et de Cordélia.

— Nous avons un problème, Giles, annonça la Tueuse.

— Un gros problème, renchérit Alex en bondissant sur le comptoir où il s'assit, les jambes pendant dans le vide, tandis que Cordélia rejoignait Willow à la grande table.

Buffy, nerveuse, fit les cent pas devant eux.

— Il y avait quelque chose dans le cimetière hier soir, dit-elle. Quelque chose de gros et de méchant, qui n'appartenait pas à la joyeuse famille des morts-vivants. Je n'ai pas pu le distinguer clairement, mais ce monstre a essayé de me faire peur en me suivant et en ricanant dans mon dos.

— Des ricanements de hyène, précisa Alex, qui en connaissait un bout sur la question.

— Ça m'a fait froid dans le dos, reconnut Buffy. Et il émettait des ondes pas positives du tout. Des ondes affamées.

— Très intéressant, murmura Giles. Tu es certaine que ça n'était pas un vampire ?

Malgré son agitation, Buffy ne put s'empêcher de sourire.

Son Observateur se lançait sur le sentier de guerre. Rien ne le rendait plus heureux que d'identifier une nouvelle menace surnaturelle. Déjà, l'air pensif, il fouillait dans sa poche d'une main tout en remontant ses lunettes sur son nez de l'autre.

— Oui, j'en suis certaine, confirma la jeune fille.

— Qu'as-tu vu au juste ? s'enquit Willow.

— Rien qu'une ombre. En fait, je l'ai senti plus qu'autre chose, avoua Buffy. J'avais l'impression qu'il m'observait depuis la veille, mais de loin, comme s'il ne voulait pas que je le repère.

— Il n'a pas eu de geste hostile envers toi ? insista Giles.

— Ben... Il a essayé de me faire peur et il a ricané.

— Ça pourrait être n'importe quel lycéen boutonneux en manque d'occupations nocturnes, fit remarquer Cordélia.

— Tu ne pourrais pas être sérieuse une minute ? lança Alex.

— Ça m'ennuie de l'avouer, mais pour une fois, je suis d'accord avec elle, déclara Giles.

— Vraiment ? se réjouit Cordélia, avant de se rappeler que l'approbation du bibliothécaire n'aurait pas dû lui importer.

Elle examina ses ongles, son visage exprimant un profond ennui.

— Oui, euh... Buffy, même si je fais confiance à ton « sixième sens d'araignée », comme tu l'appelles, rien ne prouve que...

— Giles, vous ne pourriez pas me faire confiance pour une fois ?

Le bibliothécaire hésita.

— Très bien, capitula-t-il. Supposons que cette chose soit d'origine surnaturelle. Sur quoi pouvons-nous baser nos recherches ?

— Elle ricane, suggéra Alex.

— Elle épie ses proies de loin, ajouta Willow en entrant des mots clés dans son ordinateur.

— Et elle a une prédilection pour les sorties nocturnes, acheva Giles.

Alex cligna des yeux.

— Une prédi-quoi ?

— Ça veut dire qu'elle aime la nuit, traduisit Willow.

Cordélia leva la tête.

— Et en quoi ça la distingue des autres créatures de cauchemar qui arpentent les rues de Sunnydale ?

Un silence.

— Bien, je suggère que vous alliez tous en cours, lâcha enfin Giles. Pendant ce temps, j'effectuerai des recherches sur...

— Les bestioles qui ricanent dans la nuit, soupira Buffy. D'accord, j'ai compris le topo.

Une fois de plus, la cantine servait du pain de viande pour le déjeuner.

— La question, évidemment, dit Alex en examinant son assiette d'un air dubitatif, c'est « viande de quoi ? ». Et pourquoi éprouvent-ils le besoin d'en faire du pain ?

Dehors, une pluie fine mais persistante tombait depuis le milieu de la matinée, et le ciel était maussade.

— J'irais presque jusqu'à affronter une tempête pour trouver un snack qui serve de stupides hamburgers, soupira le jeune homme.

Cordélia renifla le contenu de son assiette.

— Beurk ! lâcha-t-elle. A ta place, je n'en mangerais pas. Je n'oserais même pas y toucher avec des gants. Pourquoi as-tu choisi ça ?

— Par curiosité scientifique ? avança Alex.

Il brandit sa fourchette vers le visage de Cordélia, qui poussa un cri perçant et fit un bond en arrière.

— Fiche-lui la paix, Alex, grommela Buffy. (Elle se figea.) C'est moi qui viens de dire ça ?

— De dire quoi ? Salut, tout le monde, lança Oz en se penchant vers Willow pour fourrer sa tête dans le cou de la jeune fille.

— Salut, tout seul, répondit-elle joyeusement. Je ne pensais pas te voir aujourd'hui.

— J'admets qu'on passe tout notre temps libre à répéter, concéda Oz.

— Et ça vous fait du bien ? demanda Willow.

— Ça ne nous fait pas de mal, en tout cas. Sauf peut-être à mes mains, dit Oz en mimant un solo de guitare. Alors, j'ai décidé de faire une pause pour permettre à mes ampoules de guérir.

Cordélia se rassit avant que le jeune homme puisse lui piquer sa chaise. Buffy profita de ce moment de confusion pour tendre la main vers l'assiette d'Alex et lui voler une frite.

— Il y a des musiciens partout, constata-t-elle. Ou au moins, des aspirants musiciens. Tu as vu ce groupe, là-bas dans le coin ?

Oz jeta un coup d'œil.

— Les Krazy Klowns, acquiesça-t-il. (Puis, alors qu'Alex sursautait :) La Guerre des Groupes est ouverte à tous les lycéens qui veulent y prendre part. Et elle attire beaucoup de monde, à cause de la publicité faite dans les journaux. Qui sait, des gens des maisons de disques vont peut-être y assister...

— Ça serait drôlement chouette ! s'exclama Willow.

— Ce n'est qu'une rumeur, mais ça veut dire que la compétition sera rude. En plus d'un paquet d'amateurs qui ne nous inquiètent pas trop, les Dingoes Ate My Baby vont devoir se battre contre des vedettes locales comme les White Star Express ou les Wizard Cats... Et je viens juste de croiser le chanteur des Gardez Votre Boulot au MacDo, soupira Oz. (Il haussa les épaules.) Bah, on verra bien.

— Tu crois que vous avez une chance ? insista Willow.

— Statistiquement, oui.

— Heureusement que ce n'est pas un soir de pleine lune, intervint Cordélia.

— Mouais, acquiesça Oz, distrait. Bon, je dois y aller.

— Mais tu viens à peine d'arriver ! gémit Willow.

— Désolé, mais Devon est déjà au bord de la crise de nerfs parce que je manque les répétitions trois jours par mois. Chaque minute compte.

Avec un froncement de sourcils maussade, Willow regarda son petit ami s'éloigner.

— C'est l'inconvénient de sortir avec une célébrité, compatit Buffy.

Le visage de son amie s'éclaira.

— Mais nous avons aussi de quoi nous occuper avec cette histoire de créature ricanante, se souvint-elle.

— Qu'est-ce qu'on va se marrer, railla Alex en soustrayant ses frites aux petites mains avides de Buffy.

— Will a raison, dit la Tueuse. Il faut s'occuper de cette histoire. Je n'ai aucune envie de passer mes nuits à regarder par-dessus mon épaule au lieu de traquer les goules.

— Je croyais que les goules étaient des créatures mortes qui mangeaient la chair de leurs victimes au lieu de boire leur sang, s'étonna Cordélia.

Les autres la dévisagèrent, bouche bée.

— Ben quoi ? s'offusqua-t-elle. Il fallait bien que je m'occupe pendant que vous faisiez vos fameuses recherches. Et la seule chose praticable à la bibliothèque, c'est la lecture. Vous saviez que Giles avait quelques bouquins vraiment dégoûtants ?

Willow repoussa son plateau et se pencha sur la table avec une mine de conspiratrice.

— Bon. Si c'est un prédateur nocturne, au moins, ça nous laisse du temps pour nous pencher sur son cas.

— Exact, acquiesça Alex.

— Faux, lâcha Cordélia. Vous l'avez vu de nuit, mais ça ne veut pas dire qu'il soit incapable de sortir en plein jour. S'il en a après Buffy, il est normal qu'il ne se montre que pendant ses patrouilles.

— Merci de ta précieuse contribution. Je me sens déjà beaucoup plus tranquille, railla la Tueuse.

— Après tout, tu passes ton temps à chasser les monstres ; pourquoi ne serait-ce pas l'inverse, pour une fois ?

— Cordélia ! s'exclamèrent Alex et Willow avec un bel ensemble.

— Désolée, marmonna la jeune fille, qui n'avait pas l'air du tout contrite. Mais...

— Chut, lui ordonna Willow au moment où deux des professeurs stagiaires – la grande fille brune et le seul garçon du groupe – posaient leurs plateaux à l'extrémité vacante de leur table.

— C'est occupé ?

— Euh, non.

Willow jeta un regard impuissant aux autres, comme pour leur demander : « Qu'est-ce que je pouvais bien répondre ? »

Les étudiants s'assirent et poursuivirent leur passionnante conversation sur les modalités d'organisation des examens.

— On devrait reprendre cette discussion plus tard, murmura Buffy en jetant un regard soupçonneux aux intrus.

Des jeunes gens à l'air parfaitement ordinaire, mais qui aspiraient à devenir profs. Bref, des créatures plus inquiétantes que tous les prédateurs nocturnes ricanants du monde.

Dehors, la pluie continuait, assombrissant le ciel de cette fin d'après-midi. Non que la créature s'en souciât : au fil des siècles passés dans les profondeurs de la terre, ses yeux s'étaient habitués à l'obscurité.

Pourtant, rien ne l'empêchait de chasser en plein jour. Immobile devant l'énorme bâtiment, ses cheveux mouillés plaqués sur son crâne, elle reniflait l'air humide en scrutant la pénombre.

La pluie était douce contre sa peau, et d'innombrables créatures minuscules s'agitaient dans les buissons en faisant bruire leurs feuilles. L'herbe était fraîche entre ses sabots de bouc maculés par la boue. Le monstre eut un gloussement satisfait.

Cet endroit est parfait. Plein d'humains aux forces vitales enivrantes qui attendent que je me repaisse d'eux...

Non. Même si la perspective de traquer et de tourmenter sa proie dès ce soir lui apparaissait infiniment séduisante, même s'il mourait de faim et d'envie de drainer sa première victime... non. *Pas encore*.

Il voulait d'abord étudier cette humaine, une jeune femelle qui se déplaçait dans les ténèbres sans peur, entourée par une aura surnaturelle et scintillante.

Comme elle le faisait en ce moment même, dans cette caverne de métal et de briques.

Elle n'y restera pas toujours. Elle finira par en sortir...

Avec un léger gloussement, la créature s'installa pour attendre.

CHAPITRE III

Il y avait quelque chose de très satisfaisant à être dans un endroit où l'on n'était pas censé se trouver.

Même si Ethan Rayne aurait pu dresser une longue liste de lieux où il n'était pas le bienvenu dans le monde, aucun n'exerçait sur lui autant d'attrait que la petite ville esthétiquement déplaisante mais regorgeant d'activité surnaturelle connue sous le nom de Sunnydale.

Il inspira avec délices l'air matinal frais et légèrement humide, observant le soleil qui pointait entre les collines et asséchait déjà les dernières flaques de pluie de la veille.

Ethan n'était pas assez fou pour s'aventurer dans l'enceinte du campus. Eviter les vampires était déjà ennuyeux ; il ne voulait pas prendre le risque de tomber sur cette irritante petite Tueuse.

— Enfin, pas encore, dit-il.

Pas tant qu'il n'aurait pas trouvé un meilleur plan pour les foutre en rogne, elle et son fichu Observateur. Ce serait un excellent moyen d'employer les quelques jours qui le séparaient de la réunion à laquelle il devait assister, à Los Angeles.

Oui, harceler son vieil ami Rupert était son passe-temps favori.

Frémissant d'excitation, Ethan s'étira et se tourna vers sa voiture de location. Au moment où il ouvrait la portière, il distingua du coin de l'œil un mouvement dans les buissons qui bordaient la route.

Sorti de son contexte, ce n'était pas grand-chose... Mais Ethan Rayne ne se fiait pas uniquement à ses cinq sens pour évaluer une situation. Or, son sixième sens avait capté une satisfaction maléfique émanant de la créature qui venait de s'agiter non loin de lui.

— Tiens, tiens, marmonna-t-il entre ses dents, quand il fut certain que la créature s'était éloignée. Voilà qui pourrait être intéressant...

La biologie ne figurait pas en tête de liste des matières favorites de Willow Rosenberg. Mais les cours étaient parfois intéressants. Comme la jeune fille avait réussi à éviter la dissection d'un fœtus de cochon en la simulant sur son ordinateur, passer une heure entière à écouter M. Van Deusen déblatérer sur la génétique animale ne la dérangeait pas trop.

Cela dit, elle n'aimait guère se sentir dans la peau d'un cobaye. Derrière elle, elle entendit un de ses camarades chuchoter :

— Si on tournait tous le dos au tableau et qu'on se mette à contempler le mur du fond, tu crois qu'elle le noterait aussi ?

« Elle », c'était la stagiaire aux cheveux noirs – Sheila Quelque Chose. Assise à la gauche de Willow, elle prenait des notes. A sa décharge, il fallait reconnaître qu'il n'y avait pas grand-chose d'autre à faire.

— Très bien. Voyons lesquels d'entre vous ont retenu la leçon de lundi dernier.

Le professeur actionna l'interrupteur du projecteur de diapositives ; une nouvelle image apparut sur l'écran. C'était un cône blanc le long duquel courait une ligne en spirale.

Willow fronça les sourcils. Elle avait déjà vu ça ailleurs.

— Quelqu'un peut-il me dire ce que c'est ? Non ? Allons, utilisez votre cerveau pour autre chose que compter les fissures du plafond, les encouragea M. Van Deusen.

Une voix féminine rompit le silence.

— Une corne de licorne.

Tout le monde se tourna vers la fille qui venait de prendre la parole : Sheila. Elle rougit et baissa les yeux comme si elle souhaitait qu'un trou s'ouvre dans le sol pour l'engloutir.

— Pas tout à fait, dit M. Van Deusen, l'air amusé. En réalité, il s'agit d'une corne de narval. Parfaitement naturelle. Mais autrefois, les gens superstitieux les reliaient aux licornes et leur prêtaient des vertus magiques.

« A présent, qui peut m'expliquer la raison de cette protubérance chez un cétacé ?

Mais Willow n'écoutait déjà plus : elle fixait Sheila, toujours rougissante.

Il me semblait bien que j'avais déjà vu ce dessin quelque part... Dans un des bouquins de Giles. Et c'était bien une corne de licorne, elle aurait parié son nouvel ordinateur portable dessus.

Comment Sheila le savait-elle ?

— Excusez-moi, dit doucement Willow. Euh, la corne de narval...

— Evidemment que c'est une corne de narval ! cria l'étudiante. Je ne suis pas stupide. J'ai entendu des histoires de bonne femme, c'est tout.

Elle rassembla ses notes et détourna la tête, se concentrant sur M. Van Deusen.

Les mathématiques étaient ennuyeuses à mourir. Comble de bonheur, Mlle Sanderson avait le chic pour dévisager ses élèves comme s'ils étaient des insectes particulièrement répugnants.

En plus, je me paye un stagiaire qui ne s'est pas assis près de moi parce qu'il me trouve mignonne, mais pour me faire sentir le poids de mon ignorance comparée à son savoir, songea Buffy.

Ah, enfin une équation qu'elle avait réussi à résoudre ! Le PS (comme les avait surnommés Alex) lui adressa un sourire moqueur qui voulait dire : « Laisse-moi t'aider, pauvre débile mentale. » Buffy lui retourna un sourire carnassier qui signifiait : « Attends que je mette la main sur un pieu... » Le type se tendit, fronça les sourcils et se détourna.

Un à zéro pour la Tueuse. Et même plus, parce qu'elle connaissait également la réponse à la question suivante. Peut-être réussirait-elle à sortir intacte de ce cours... Le PS aussi, du coup.

A cet instant, la cloche sonna, annonçant midi. Buffy prit ses affaires et se rua vers la porte avant que le PS ou Mlle Sanderson puissent prononcer un mot.

Autrefois, la jeune fille occupait sa pause-déjeuner à se restaurer, échanger des ragots avec ses amies et s'interroger au sujet des garçons ou de la dernière coupe de cheveux à la mode. Cette époque lui semblait si lointaine à présent...

Ah, non ! Tu ne vas pas recommencer !

Buffy se laissa tomber devant une table de la cafétéria. Une minute plus tard, elle sentit Alex et Willow s'installer de chaque côté d'elle. Comme au bon vieux temps.

— Mon Dieu ! Je n'arrive pas à croire qu'elle ose se montrer en public dans cette tenue !

Cordélia s'était incrustée dans leur petit groupe et ne semblait plus décidée à en partir ! Le bon côté des choses, c'était qu'elle s'adoucissait au fil du temps. Un événement plus étrange que ceux qui survenaient chaque nuit à Sunnydale.

— On file à la librairie après avoir mangé ? demanda Alex.

— Est-ce bien la peine de poser la question ? demanda Buffy.

Soudain, elle se sentait d'humeur charitable.

Giles aurait le nez plongé dans ses bouquins comme d'habitude. Ensemble, ils découvriraient la créature qui la suivait et lui enseigneraient les bonnes manières. Alors, Buffy pourrait revenir à sa routine : chasse aux vampires et soirées au *Bronze*.

Sa bonne humeur disparut quand, arrivant à la bibliothèque, elle découvrit que les professeurs stagiaires avaient déjà pris possession des lieux. Cette invasion commençait à lui porter sur les nerfs.

Le pire, c'était qu'elle n'avait rien de précis à leur reprocher. Ils semblaient plutôt gentils, dans l'ensemble : Rebecca dont les courbes faisaient saliver Alex, Elaine la chef de bande, le garçon au petit air supérieur...

Et Miriam, bien sûr, avec ses grands yeux bruns et son sourire charmeur. C'était prétendument à cause d'elle que les PS se rassemblaient à la bibliothèque : un des rares endroits du lycée où on pouvait se déplacer facilement en fauteuil roulant. Avec la cafétéria. Mais celle-ci était squattée par le club d'escrime le matin et par les joueurs d'échecs après les cours.

Pourquoi « prétendument » ? Parce que Buffy soupçonnait les PS d'avoir un autre motif pour traîner tout le temps dans leurs pattes.

Willow soupira.

— Je me suis toujours demandé ce que nous deviendrions si des gens se mettaient à fréquenter la bibliothèque. A cause des bouquins et tout ça.

— Je ne pense pas qu'ils s'intéressent seulement à la littérature, marmonna Buffy.

Giles s'était fait coincer par les PS qui le bombardaient de questions.

— Plan B : on bat en retraite dans notre quartier général secondaire, ordonna Buffy.

Les quatre adolescents se dirigèrent vers le bureau du bibliothécaire. Alors qu'ils longeaient la grande table, Buffy se tordit le cou pour observer Giles et ricana. Roucoulant et battant des cils, Miriam le tenait sous son charme.

— Beurk, fit Cordélia en suivant le regard de sa camarade. Je me demande bien ce qu'elle lui trouve. Il est beaucoup trop vieux pour elle, et il a la bagnole la plus pourrie que j'aie jamais vue. Ça ne doit pas gagner des masses, un bibliothécaire...

Ils entrèrent dans le bureau et fermèrent la porte derrière eux.

— Si je comprends bien, une fille peut sortir avec un homme plus âgé, *à condition* qu'il ait de l'argent et une belle voiture, c'est ça ? railla Alex.

Cordélia grogna et se laissa tomber dans le fauteuil de Giles. D'un air faussement détaché, elle feuilleta le volume relié de cuir ouvert sur le bureau.

— On dirait que Giles vit ici, grommela Alex en cherchant vainement un endroit où s'asseoir, tant la petite pièce était encombrée de choses qui n'avaient rien à y faire.

— Je pense que c'est plus ou moins le cas, répliqua Buffy, s'installant en tailleur sur le sol.

Après avoir vérifié que son contenu ne risquait pas de lui dégringoler sur la tête, elle s'adossa à une étagère et passa en « mode relaxation », comme l'appelait Giles : elle ne se concentrait sur rien de précis mais avait vaguement conscience de tout ce qui se passait autour d'elle. Un truc très utile pendant les cours ennuyeux.

Tandis que Buffy se détendait et qu'Alex et Cordélia se disputaient sans conviction, Willow alluma son portable et se lança dans une recherche. Au bout de quelques minutes, un bip annonça l'arrivée des résultats.

Alex jeta un coup d'œil par-dessus l'épaule de sa meilleure amie. Le texte qui s'offrait à son regard étant écrit trop petit, avec des mots comprenant trop de syllabes, il abandonna très vite.

— Ils devraient faire des écrans encore plus minuscules, grommela le jeune homme pour cacher son ignorance.

— Mouais, acquiesça Willow, distraite.

— On l'a encore perdue ! annonça Alex à voix haute.

Un long silence, à peine rompu par le cliquetis de la souris et du clavier.

— Il paraît que Leonardo a pris du poids, lança Buffy à la cantonade. Moi, je le trouve toujours aussi mignon.

— Super, murmura Willow.

— Pour quelqu'un qui a une tête de gamin, bien sûr.

— Hum...

— Laisse tomber, Buffy, soupira Alex. Elle ne t'entend pas. Tu sais comment elle est une fois lancée sur une piste...

Ayant échappé aux griffes de la dernière PS, celle qui avait des cheveux blonds et marmonnait toujours son nom de telle sorte que personne ne la comprenait, Giles se glissa dans la pièce.

Il foudroya du regard Alex, dont les pieds reposaient sur une pile de livres. Le jeune homme replia hâtivement ses jambes sous lui.

— Merci, lâcha Giles sur un ton sec en se dirigeant vers son bureau.

Cordélia se leva pour lui laisser la place. Il se laissa tomber dans son fauteuil et posa devant lui un petit ouvrage à la couverture de cuir rouge.

— Je crois que j'ai trouvé quelque chose, annonça-t-il.

— Je l'ai ! s'exclama soudain Willow en relevant la tête. La créature qu'a vue Buffy ! C'est un korred, une sale bestiole issue de...

— ... La mythologie celtique, couverte de fourrure, avec des sabots de bouc et des yeux rouges, acheva Giles.

Zut, songea Buffy. Ça ne ressemblait pas au genre de monstre qu'on pouvait faire fuir en lui flanquant une claque sur le derrière avec un journal roulé.

— Il est réputé pour sa ténacité, ajouta Willow en lisant les informations fournies par son moteur de recherche.

Décidément, il était écrit que les choses ne seraient jamais faciles pour la Tueuse. Buffy sentit sa bonne humeur fondre comme neige au soleil.

— Il a un esprit porté sur le mal et fait montre d'une intense curiosité vis-à-vis des humains, enchaîna Giles, qui ne voulait pas s'en laisser remontrer en matière de recherches. En général, il traque sa proie et...

— Et quoi ? insista Buffy. Giles ? Will ? Le suspense est très mauvais pour mon cœur.

— Et la force à danser, acheva le bibliothécaire.

— A danser ? s'étonna Buffy. Ça n'a pas l'air si terrible.

— Jusqu'à ce que mort s'ensuive, précisa Willow.

— Ah.

Cordélia ouvrit la bouche pour dire quelque chose, puis la referma abruptement tandis qu'une toux polie retentissait sur le seuil de la pièce. Giles tourna la tête vers Rebecca, qui fit une grimace d'excuse.

— Navrée de vous déranger, dit-elle sur un ton qui démentait ses propos, mais j'ai besoin d'un exemplaire des *Principes Mathématiques* destinés aux classes de seconde. Il manque plusieurs pages au mien.

Il fallut quelques instants à Giles pour retrouver son masque de bibliothécaire dévoué.

— Bien sûr, bien sûr. Dans la mezzanine. Je vais vous montrer. (Il se leva et jeta un coup d'œil à la ronde.) Je reviens tout de suite.

Rebecca lui emboîta le pas avec un grand sourire.

— Il n'en faudrait pas beaucoup pour que je me mette à les détester, lança Buffy à la cantonade.

— Oh, ça me fait penser à un truc bizarre qui s'est produit ce matin en cours de biologie, intervint Willow. La fille avec les cheveux noirs... Pas Elaine, Sheila Quelque Chose... Elle a identifié la corne de licorne que nous montrait M. Van Deusen.

— M. Van Deusen a une corne de licorne ? s'étonna Alex. D'accord, avec la tête qu'il se paye, il ne doit pas avoir beaucoup de succès avec les filles. Mais quand même !

— C'était une diapositive, expliqua patiemment Willow. Il a prétendu que ça représentait une corne de narval, mais je sais que c'est faux, et Sheila le savait aussi.

— Willow, les licornes n'existent pas, déclara Cordélia avant de s'interrompre. Enfin, je crois...

Buffy secoua la tête.

— Je n'en ai pas la moindre idée. Et franchement, je m'en fiche tant qu'elles ne me menacent pas. Ne t'inquiète pas, Will : Sheila voulait sans doute impressionner M. Van Deusen, c'est tout.

— Peut-être, murmura Willow, l'air peu convaincu.

— Où en étions-nous ? demanda Giles en revenant dans le bureau. Ah oui : l'attaque favorite du korred. Mourir d'épuisement, une façon vraiment horrible de s'en aller...

Il reprit sa lecture où il l'avait interrompue.

— Il semble que la plupart des victimes succombent à une crise cardiaque, précisa-t-il.

— D'accord, j'ai compris, coupa Buffy. J'éviterai de porter des chaussures de bal.

— Tiens, c'est curieux, murmura Giles. Le livre dit ici que les korreds sont à peine plus gros que des gnomes. Pourtant, tu as aperçu une créature massive...

— Moi, je sais ! s'exclama Willow en levant la main comme si elle était en cours et réclamait la permission de parler. Les korreds sont capables de modifier leur masse comme les poissons-lunes, parce que ça leur donne l'air plus impressionnant.

— La Bouche de l'Enfer, soupira Alex avec une sorte de fierté morbide. La Roue de la Fortune des créatures maléfiques. On ne sait jamais à l'avance ce qu'on va gagner.

— Je n'irai pas jusqu'à qualifier les korreds de maléfiques. Malicieux, seulement, corrigea Giles.

Buffy tapa du pied.

— A une ou deux syllabes près... Pour moi, s'ils attaquent les humains, ils sont maléfiques, donc à éliminer. De toute façon, celui-là me fiche la trouille.

— Puis-je te faire remarquer que le trouillomètre n'est pas l'indicateur le plus fiable du monde ? demanda Giles.

— Non, vous ne pouvez pas, répliqua la jeune fille. C'est vous qui me répétez tout le temps de faire confiance à mon instinct.

— Bon, coupa Cordélia, qui s'impatientait. Maintenant qu'on sait ce que c'est, comment va-t-on le faire fuir ? Parce que si ce truc reste dans le coin, il va finir par tuer quelqu'un. C'est toujours la même chose sur la Bouche de l'Enfer.

CHAPITRE IV

Buffy s'arracha au sommeil à grand-peine en entendant un hurlement... Non, pas un hurlement : juste la sonnerie de son réveil.

Clignant des paupières, elle tendit la main vers le bouton, le manqua une première fois et réussit enfin à appuyer dessus. Le silence revint dans sa chambre.

Déjà le matin ? C'est vraiment trop injuste...

Elle s'était réveillée en sursaut toutes les heures, persuadée que quelqu'un ricanait de l'autre côté de sa fenêtre. Mais elle n'avait vu personne.

Le reste du temps, elle avait rêvé d'une créature sombre et dépourvue de visage qui la pourchassait avec un gloussement hystérique. Quand la chose l'avait rattrapée, elle lui avait bondi sur le dos et s'était transformée en un Alex muni d'une longue plume. Le monstre avait commencé à lui chatouiller la plante des pieds, la forçant à rire si fort qu'elle n'arrivait plus à respirer.

C'était un rêve vraiment bizarre, mais pas prophétique, se rassura-t-elle. *J'ai encore trop mangé de pepperoni hier soir.* Un jour, elle se déciderait à avaler du citrate de bétaïne avant que sa mère passe la commande de pizzas chez *Genero's*.

Buffy sortit de son lit et s'étira en grognant. Quel jour était-on ? Ah oui : vendredi. Pour la plupart des adolescentes, ça annonçait la fin d'une semaine de cours et le début d'un long week-end de détente. Pour la Tueuse, ça signifiait : entraînement de kickboxing en fin d'après-midi.

Cette fois, elle allait s'efforcer de ne pas causer à Giles plus de dommages que nécessaire. Si son Observateur atterrissait encore une fois à l'hôpital, il finirait par perdre son assurance maladie.

Donc... Douche, brossage de dents et tutti quanti. Buffy enfila son peignoir ; elle se dirigeait vers la salle de bains lorsque son regard se posa sur les livres restés fermés sur son bureau.

Vendredi.

Interro de maths.

— Oh, non !

Le téléphone sonna à l'heure incroyablement matinale de... (Giles jeta un regard lourd de sommeil à la pendule) 7 heures.

Comme leur Tueuse, les Observateurs étaient par nécessité des oiseaux de nuit ; le bibliothécaire manqua se rendormir avant de réussir à approcher le combiné de son oreille.

— Oui, allô ?

— Bonjour, Ripper. J'espère que je ne t'ai pas réveillé.

Le téléphone rejoignit instantanément l'ordinateur et le magnétoscope sur la liste des inventions du démon destinées à lui pourrir la vie.

— Que veux-tu, Ethan ? demanda-t-il sèchement.

— Ne puis-je pas appeler un vieil ami juste pour prendre de ses nouvelles ? demanda son ancien condisciple avec un accent d'innocence blessée.

C'était plus que Giles ne pouvait en supporter à une heure pareille. Fermant les yeux, il prit une inspiration pour se calmer.

— Non, tu ne peux pas. Que veux-tu, Ethan ? répéta-t-il.

— Juste t'apprendre que je serai en ville pendant quelques jours. Voir si on ne pourrait pas aller boire un verre ensemble histoire de parler du bon vieux temps...

— Le jour où il gèlera en enfer ! cracha Giles.

Sur ce, il reposa violemment le combiné.

S'il avait pu enfermer Ethan Rayne et le vampire Spike dans la même pièce, verrouiller la porte et jeter la clé, il l'aurait fait sans le moindre remords.

Avec un grognement, Giles lutta pour s'asseoir dans son lit et repoussa ses couvertures. *Ethan essaye de te déstabiliser*, se dit-il. *Il n'oserait pas revenir à Sunnydale... Pas après que Buffy lui eut promis de le battre comme plâtre si elle lui remettait la main dessus.*

Ce souvenir lui arracha un sourire. Bien que trop impétueuse, et ayant comme beaucoup de ses collègues passées une fâcheuse tendance à cogner d'abord pour poser les questions ensuite, Buffy comprenait instinctivement le sens de l'expression « se faire justice ». Et ce n'était pas toujours une mauvaise chose.

A cet instant, le réveil sonna. Giles l'éteignit du plat de la main. Que ça lui plaise ou non, le moment était venu d'endosser sa panoplie de bibliothécaire du lycée de Sunnydale.

Ethan a toujours été un lâche, songea-t-il en se levant. *Ce n'est pas pour ça qu'il ne faut pas se montrer prudent.*

Il ferait peut-être bien de vérifier les hôtels du coin, histoire de s'assurer que son vieil ami ne devenait pas trop téméraire avec l'âge.

Alors qu'elles se frayaient un chemin parmi la foule d'élèves ayant envahi les couloirs à l'intercours, Willow jeta un regard en biais à Buffy.

— Il vaut mieux que je ne te demande pas comment ça s'est passé, hein ? devina-t-elle.

— Il vaut mieux, oui, grommela Buffy.

— Mais je t'avais passé mes notes...

— Je suis sûre que c'étaient des notes très bien prises...

— Buffy ! Tu n'as pas révisé ?

La Tueuse frémit. Elle pouvait affronter une demi-douzaine de vampires toutes les nuits, mais pas la déception qui se lisait sur le visage de Willow.

— Je sais, je sais, soupira-t-elle. Et dire que j'avais si bien remonté ma moyenne, ces derniers temps. Mais j'ai été occupée à garder un œil sur les morts-vivants tout en guettant les ricaneurs tapis dans l'ombre. Ça ne m'a pas laissé beaucoup le loisir d'étudier.

Willow hocha la tête avec compassion.

— Tu l'as vu ? Le ricaneur, je veux dire.

— Non. (Le visage de Buffy s'éclaira.) Mais j'ai vu une espèce de volatile qui traversait la route...

— Un volatile ? s'étonna Willow.

— Comme un poulet, précisa son amie, mais haut de soixante centimètres et avec des dents qui ne doivent pas lui servir souvent pour mâcher... ce qu'on donne à manger aux poulets.

— D'autres poulets morts et réduits en bouillie, l'informa Willow, scientifique comme à l'accoutumée.

Buffy se figea.

— Euh, la prochaine fois, pas la peine de me donner trop de précisions, d'accord ?

Willow avait l'habitude que ses amis ne se passionnent pas pour ses activités extrascolaires.

— D'accord. Il faut que je file : j'ai promis à Mme Lee de lui expliquer le nouveau système informatique de notation des élèves. (Elle eut un sourire.) Enfin une initiative de Snyder qui ne nous complique pas la vie – elle n'embête que nos profs. Et je pourrais gagner une fortune comme consultante : personne ne sait comment fonctionne ce fichu système, pas même le type qui l'a installé.

— Allons, allons, grogna Buffy. Tu sais pertinemment que tu dois employer tes pouvoirs pour faire le bien. Euh... Combien, cette fortune, au juste ?

Mais son amie avait déjà disparu.

— Génial. Je suppose que je vais encore devoir taper de l'argent à Giles. Il faudrait vraiment que le Conseil se débrouille pour me salarier...

Buffy entra en coup de vent dans la bibliothèque et jeta son sac sur le comptoir.

— Coucou, c'est moi !

Giles leva le nez de la pile de bouquins qu'il était en train de remettre à leur place sur les étagères.

— Oh, bonjour Buffy. Je suppose que tu n'as pas cours en ce moment ?

— Non, et je suis venue passer mon temps libre avec mon bibliothécaire préféré.

— Je suis le seul bibliothécaire dans les parages, lui rappela Giles.

La jeune fille eut un geste insouciant.

— Ce que vous pouvez être mesquin quand vous vous y mettez... (Elle se dirigea vers l'escalier de la mezzanine pour le rejoindre.) Ne soyez pas désagréable avec moi : j'ai eu un très mauvais début de matinée.

— Grands dieux. Le contrôle de mathématiques ?

— Parlons de choses plus réjouissantes, voulez-vous ?

— Très bien. Qu'a donné ta patrouille d'hier ?

— Vous ne trouvez pas effrayant que nous considérions le massacre de ces pauvres vampires comme une chose réjouissante ? Et, pour répondre à votre question, ça n'a rien donné du tout. Ah, ça y est : je sais pourquoi le poulet a traversé la route.

— Pardon ?

— Non, Giles, expliqua patiemment Buffy. Vous êtes censé demander : « Pourquoi le poulet a-t-il traversé la route ? »

— Pourquoi le poulet a-t-il traversé la route ? répéta le bibliothécaire, docile.

— Pour venir manger un morceau de Tueuse, répondit Buffy.

Giles la dévisagea, ne sachant pas s'il devait rire ou non.

— Ce n'est pas une plaisanterie, dit la jeune fille. Il mesurait dans les soixante centimètres de haut ; il avait des ailes, des dents et tout le bataclan.

— Les poulets n'ont pas de dents, objecta Giles. (Il se figea.) Dieu du ciel ! Ça ressemble à la description d'un basilic !

— Je ne lui ai pas demandé son nom, avoua Buffy.

— Ton regard n'a pas croisé le sien, n'est-ce pas ? Bien sûr que non ! Sinon, tu ne serais plus là.

Il rajusta ses lunettes et gagna l'étagère du fond, où il entreposait ses ouvrages favoris : le Top 100 de tout ce que vous avez toujours voulu savoir sur les créatures qui arpentent la Bouche de l'Enfer, sans jamais oser le demander. Sa voix étouffée par les rayonnages bourrés de livres parvint à Buffy :

— Un vrai bec ? Et à quoi ressemblaient ses pieds ?

— Un vrai bec, confirma la jeune fille. Je ne me suis pas arrêtée pour compter ses orteils. Il me voulait pour dîner, et pas au sens romantique de l'expression.

Giles avait trouvé le volume qu'il cherchait et le feuilletait fiévreusement en revenant vers Buffy.

— Ah ah ! s'exclama-t-il, triomphant. Est-ce que ton... poulet ressemblait à ça ?

La jeune fille jeta un coup d'œil au dessin dont l'encre pâlissait sur le parchemin.

— Plus ou moins. Ça s'est passé très vite...

— Tu pourrais penser à observer ce genre de détails et à les coucher par écrit. On ne sait jamais ce qui peut s'avérer important par la suite, et...

— Misère, soupira Buffy. Je suppose que vous allez me faire un discours assommant sur le devoir et les responsabilités ?

— Absolument, confirma le bibliothécaire, inébranlable.

— Dans ce cas, laissez-moi le temps d'aller chercher du pop-corn.

— Très drôle...

— Je trouve aussi, acquiesça joyeusement Buffy. Au fait, vous pourriez me prêter vingt dollars ?

Giles soupira et lui tendit son portefeuille avec l'air du martyr qui s'est fait taxer tellement de fois qu'il ne prend même plus la peine de protester. Mais il ne put s'empêcher de faire un commentaire acide.

— Personne ne m'avait dit que le rôle d'Observateur impliquait qu'on devienne le banquier de la Tueuse...

— Si je pouvais trouver un boulot payé, je le ferais, répliqua Buffy. Mais ma mère et vous avez l'air de tenir à ce que j'assiste aux cours et que je dorme au moins deux heures par nuit. Ça empiète un peu sur le temps que je pourrais passer derrière une caisse à demander : « Quelle taille, le Coca ? »

— Je sais. Il est terrible de dépendre d'une mère aussi radine que la tienne, railla Giles.

— Ça va, ça va, j'ai compris, soupira Buffy.

Le bibliothécaire battit en retraite dans son bureau, serrant sur son cœur le précieux petit volume. Le connaissant, Buffy aurait parié qu'à la fin du week-end, il saurait tout sur les poulets de soixante centimètres de haut, y compris si elle allait devoir en faire du bouillon ou pas.

La jeune fille ouvrit le portefeuille et en tira une coupure de vingt dollars. Elle ne put s'empêcher de plisser le nez à la vue des nouveaux billets qui ressemblaient à ceux du Monopoly. Puis elle fronça les sourcils, interloquée.

— Giles ? appela-t-elle. Pourquoi trimbalez-vous encore des billets anglais ?

— Comment ? répondit le bibliothécaire, distrait.

— Laissez tomber.

Buffy posa le portefeuille de Giles sur le chariot à livres et descendit l'escalier pour reprendre son sac. Elle y fourra le billet de vingt dollars, puis s'adossa au comptoir pour savourer le calme retrouvé de la bibliothèque.

Pour une fois que les PS n'étaient pas en train de squatter la grande table en chuchotant d'un air excité et en se poussant du coude comme des ados attardés... *J'ai du mal à les imaginer en train de donner un cours.*

A cet instant, la porte s'ouvrit, et le brouhaha qui régnait dans les couloirs du lycée envahit la bibliothèque. *Génial*, soupira Buffy.

L'Invasion des Stagiaires de l'Espace, le Retour.

Mais la personne qui franchit le seuil n'avait rien d'un étudiant. C'était un homme un peu plus âgé que Giles, à la peau foncée et aux cheveux gris. Il portait un costume bien coupé et une canne à pommeau d'argent avec laquelle il tapotait le pli impeccable de son pantalon.

— Puis-je vous aider ? demanda poliment Buffy.

Pourtant, quelque chose chez ce type lui déplaisait.

A moins que je ne commence à m'alarmer de tout ce qui sort de l'ordinaire. Alex a raison, je suis sur les nerfs. Je ferais mieux de me détendre et de lui accorder le bénéfice du doute.

— Je cherche Rupert Giles, dit le nouveau venu, haussant la voix à la fin de sa phrase comme s'il posait une question.

Il avait un léger accent que Buffy ne parvint pas à identifier.

Vieil ami, ou problème surgissant au moment le plus inopportun ? se demanda la jeune fille. *A moins qu'il ne soit les deux à la fois. Giles devrait nous fournir une liste de ses connaissances triées par catégories : ceux qui peuvent nous filer un coup de main, ceux qui ont besoin d'un coup de main, ceux qui sont complètement psychopathes...*

— Il est dans son bureau, répondit-elle.

— Ah. Vous devez être Buffy ?

— Oui. Et vous ?

— Pardonnez-moi ; je ne me suis pas présenté. Je m'appelle Gerald Panner.

— Un ancien camarade d'université de Giles ?

— D'université ? Non, pas vraiment. Nous avons... travaillé ensemble autrefois. Je fais des recherches, et Rupert m'a aidé à plusieurs reprises. Comme je passais dans le coin, j'ai pensé à venir le saluer.

— Panner...

Buffy et le type se retournèrent. Giles venait de sortir de son bureau, un petit volume relié de cuir rouge à la main. Et il n'avait pas l'air très heureux de voir son collègue.

— Vous avez reçu ma lettre, n'est-ce pas ? Ma visite ne vous prend pas au dépourvu ? s'inquiéta Panner.

— Je l'ai reçue, oui, acquiesça froidement Giles.

Buffy sentit de fortes vibrations, émanant du bibliothécaire, qui l'incitèrent à quitter la pièce au plus vite. Et dire qu'il lui reprochait sans cesse de ne pas suffisamment travailler son sixième sens...

— Je parie que vous avez des tas de choses à vous dire : des bouquins à évoquer avec des trémolos dans la voix, ce genre de trucs. Alors, je vais vous laisser...

— Merci, Buffy, dit Giles sans détacher son regard de Panner. Pourquoi ne rentres-tu pas chez toi ? Nous reprendrons cette conversation demain.

— Demain, c'est samedi, lui rappela la jeune fille. Le début du week-end, vous savez ? Je vous appellerai s'il se passe quelque chose.

— Parfait. A plus tard.

— Ça va, ça va, j'ai compris. Je suis indésirable. Je m'en vais.

Mais Giles ne l'écoutait déjà plus.

Dans son bureau, Giles débarrassa une chaise des livres qui l'encombraient afin que Panner puisse s'asseoir. Puis il déplaça inutilement des piles de documents histoire de trouver ce qu'il allait raconter à son interlocuteur.

— Rupert...

— Oui, oui, je suis à vous. Dans une seconde. Il faut simplement que...

— Rupert, je vous en prie.

Panner faisant preuve d'humilité...

Ça, c'était nouveau.

Et ça suffit à retenir l'attention de Giles.

— Je ne suis pas venu ici pour vous harceler. Le Conseil m'envoie à titre d'observateur, pour prendre des notes qui serviront aux prochaines générations.

— Prendre des notes, et rien d'autre ?

— Evidemment. Je ne souhaite pas perturber votre travail, ni intervenir en aucune façon. Ma venue n'est pas un avertissement ou une menace du Conseil...

— Bien sûr que non, grogna Giles.

Il savait qu'il se montrait un peu dur avec Panner, qui obéissait aux ordres, mais il ne pouvait pas s'en empêcher.

Fixant le représentant du Conseil – *non*, corrigea-t-il : *son espion* – dans les yeux, il eut la satisfaction de le voir reculer d'un pas.

— Ne vous dressez pas sur mon chemin, Panner, ni sur celui de quiconque. Sinon, je vous assure que vous le regretterez.

CHAPITRE V

« Un Avant-Goût de la Guerre des Groupes ! » proclamait une banderole à l'entrée du *Bronze*. « Répétitions ouvertes au public cet après-midi. »

Buffy se pencha pour lire l'ordre de passage.

— Oz, tu es sûr de toi ?

— Absolument. Je suis incapable de les reconnaître les uns des autres sans un programme sous les yeux.

— Ce n'est pas ce que je voulais dire, rectifia la jeune fille. Tu as déjà répété ici hier soir ; tu n'as peut-être pas envie de passer ton samedi à écouter les autres concurrents.

— Je considère ça comme une punition pour avoir joué vraiment très mal dans une de mes vies antérieures, expliqua Oz en prenant Willow par le coude pour la conduire à l'intérieur.

Buffy jeta un regard à Alex, qui haussa les épaules, puis à Cordélia, qui leva les yeux au ciel comme pour dire : « Ah, ces musiciens ! »

Ils entrèrent dans la boîte déjà bondée, bien qu'on fût à peine au début de l'après-midi. Les Dingoes Ate My Baby étaient là, comme la plupart des autres groupes dont les membres se jetaient des regards calculateurs dans le meilleur des cas, meurtriers dans le pire.

— La Guerre des Groupes, soupira Buffy en s'installant à une table près de la scène. Rien que le nom me donne des frissons.

— Parce qu'on vit sur la Bouche de l'Enfer ? suggéra Cordélia.

Tact ou non, la jeune fille avait le chic pour mettre le doigt là où ça faisait mal.

Quelqu'un avait réussi à améliorer l'équipement sonore du *Bronze*. Peut-être en flanquant des coups de pieds dans les enceintes. Buffy se pencha en avant, prêtant une oreille attentive au groupe qui s'agitait sur la scène.

Ils sont bons, constata-t-elle avec surprise. *Vraiment bons*. Assez, en tout cas, pour que le vacarme qui régnait dans la boîte diminue au point qu'on puisse presque s'entendre parler.

Le chanteur, qui avait une petite gueule à tomber par terre, poussa une note très haute et se lança dans un riff éblouissant sur sa guitare. Ses doigts remuaient si vite sur les cordes qu'on avait du mal à les voir. Et la façon dont son jean le moulait... Buffy soupira de bien-être.

C'était un très bon groupe, et malheureusement, ce n'était pas les Dingoes Ate My Baby.

Les White Star Express avaient déjà une réputation bien supérieure dans la région ; ils donnaient davantage de concerts et se faisaient mieux payer.

Willow prenait un air de plus en plus réjoui, comme chaque fois que les choses se présentaient mal.

— Je suis sûre que tu peux jouer ce riff mieux que lui, dit-elle à Oz pour le réconforter.

Son petit ami haussa les épaules.

— Il n'est pas mauvais du tout, lâcha-t-il. Tout le groupe est même plutôt bon.

— Mais on ne peut pas danser sur leur musique, fit remarquer Alex.

— A ta place, je m'inquiéterais, dit Cordélia à Oz. Ces types sont visiblement meilleurs que vous.

— Encore une intervention hautement diplomatique de Cordélia Chase, marmonna Alex sur un ton de commentateur sportif.

Ça faisait longtemps qu'il n'essayait plus de rattraper les gaffes de sa petite amie. Mais Oz se contenta de hausser les épaules une nouvelle fois.

— On s'en fiche ! L'important n'est pas de gagner mais de participer.

— Ta maturité, voilà ce que j'adore chez toi, se pâma Willow.

Buffy remarqua que les autres membres des Dingoes Ate My Baby tiraient une tête pas mature du tout.

— Il a loupé un accord, marmonna Devon.

— Oui, et le batteur n'est pas en rythme. Ça casse tout, renchérit un autre musicien.

— Ce sont les âneries que tu profères qui cassent tout, dit une voix dure.

Buffy tourna la tête. Le type devait être un chanteur, et un macho de première à en juger sa tenue de cuir noir ornée de chaînes.

— Les mecs ne changeront jamais, souffla la jeune fille à l'oreille de Willow, en observant la confrontation avec l'œil exercé d'une combattante aguerrie.

Evidemment, le Dingo qui venait de se faire moucher se leva et gonfla la poitrine, tentant d'impressionner M. Macho.

— C'est peut-être ton manque de talent qui fait tout ce raffut.

Les deux jeunes gens se toisèrent, leurs yeux lançant des éclairs. Ils n'attendaient qu'une occasion pour se sauter à la gorge ; les membres de leur groupe respectif se levèrent pour les soutenir.

— Oh, non, gémit Willow, les yeux écarquillés. Pas une bagarre !

— Du calme, dit Oz en se levant et en s'interposant entre les deux types. Ça ne vaut pas la peine de se battre pour si peu.

— Qu'est-ce qui ne vaut pas la peine ? gronda M. Macho.

— De donner à la mairie une excuse pour faire fermer le *Bronze*. Ça fait un moment qu'elle en cherche une, répondit Oz sur un ton dégagé.

— C'est vrai, ajouta très vite Buffy. Snyder pense que c'est « l'antre de la débauche ». Il croit que nous complotons ici pour saboter ses statistiques de présence au lycée.

La réflexion arracha un éclat de rire à tous les jeunes gens qui avaient déjà eu affaire au proviseur.

Oz échangea quelques mots avec les autres membres de son groupe, qui reculèrent à contrecœur. Au bout de quelques secondes d'hésitation, leurs ex-futurs adversaires firent de même et se rassirent.

Alex jeta un coup d'œil admiratif à Buffy.

— La Guerre des Groupes, hein ? Sans ton intervention, elle aurait commencé un peu plus tôt que prévu, et probablement fini dans un bain de sang.

Buffy soupira. Comme si elle n'avait pas assez de soucis avec le ricaneur nocturne et son boulot non salarié de Tueuse !

Maintenant, il fallait qu'elle s'inquiète de la fermeture éventuelle – pour violence extrême et comportement indigne de rejetons de la classe moyenne supérieure – du seul endroit où elle pouvait mener, l'espace de quelques heures, l'existence d'une adolescente normale.

Le premier qui déclenche une bagarre ici va vraiment le regretter, décida Buffy.

La petite chambre de motel avait connu des jours meilleurs... quelques dizaines d'années auparavant.

La peinture jaune s'écaillait sur les murs, les rideaux usés dissimulaient mal les carreaux crasseux, il n'existait aucun mot permettant de décrire la couleur de la moquette, et une odeur de moisi planait dans l'air. Mais la réception acceptait le liquide et ne réclamait pas de pièce d'identité, ce qui convenait parfaitement à Ethan Rayne.

Assis en tailleur sur le lit étroit, dont il avait arraché les draps avant de les jeter dans un coin, Ethan contemplait les petits tas de feuilles séchées posés devant lui sur un morceau de plastique. L'herboristerie n'était pas son point fort, mais il devrait s'en sortir.

— De la valériane pour calmer, du trèfle pour affaiblir la volonté, et de la marjolaine pour séduire. Et si j'ajoutais quelque chose pour la mettre de bonne humeur ? Non : ça risquerait de lui donner faim.

Quelques observations à la dérobée avaient suffi à le convaincre que sa proie, bien que d'une nature inconnue, se situait en amont de lui dans la chaîne alimentaire de la magie.

Muni des bons ingrédients, Ethan était sûr de tisser un sort capable de l'attirer et de lui faire exécuter ses ordres. Mieux valait prendre les créatures surnaturelles par la douceur que par la force : certaines avaient la mémoire longue.

Il ne lui restait plus qu'à trouver un endroit approprié pour son incantation. Un territoire neutre, d'où il pourrait battre en retraite le cas échéant.

Partir du principe que les choses risquaient toujours de foirer : la politique grâce à laquelle il avait survécu pendant toutes ces années.

Ethan consulta sa montre, puis préleva une pincée de feuilles dans chaque tas et les mélangea avec une poignée de terre sèche. Il plaça le tout dans un carré de mousseline immaculée et y fit un nœud. Enfin, il se leva, enfila sa veste et sortit de sa chambre.

La camionnette blanche au flanc orné d'une croix rouge émergea des ténèbres et vint se garer devant l'entrée des urgences illuminée par deux projecteurs. Comme d'habitude, la livraison de la banque du sang était pile à l'heure.

— Avec toutes les attaques qu'ils ont déjà subies, ils ne comprennent pas qu'ils feraient mieux de varier leurs horaires ? marmonna Buffy depuis sa cachette. Pourquoi ne pas tenir une grande soirée portes ouvertes spéciale vampires, pendant qu'ils y sont ?

Depuis son arrivée en ville, la Tueuse avait limité les dégâts en montant la garde près de l'hôpital les soirs de livraison. Pourtant, les morts-vivants s'obstinaient à attaquer la camionnette.

Tout le problème consistait à les embrocher avant qu'ils réussissent à mordre le chauffeur, mais sans que le personnel médical voie une adolescente frapper des silhouettes humaines qui se transformaient aussitôt en poussière.

Personne n'a jamais dit que je faisais un boulot facile...

Buffy s'approcha sur la pointe des pieds d'une femelle vampire presque aussi large que haute, et lui tapa sur l'épaule. La créature se retourna, découvrant ses crocs.

— J'ai un message pour vous, dit Buffy avant de le lui délivrer en plein cœur.

Une de moins.

Deux autres tentaient de la prendre à revers. La Tueuse porta tout son poids sur la pointe de ses pieds, plia légèrement les genoux et... *maintenant !*

Rapide comme l'éclair, Buffy pivota, embrochant le premier vampire et décochant un coup de pied au second pour le faire reculer, le temps de récupérer son arme. Elle plongea sous le bras qui se tendait vers elle et enfonça son pieu dans le dos du mort-vivant.

Et de trois. Au suivant !

Le calme revenant, Buffy se réjouit. Les vampires n'avaient pas fait le déplacement en masse ce soir. Son Observateur serait content : même s'il avait d'importantes recherches à faire, il détestait la laisser partir seule du côté de l'hôpital.

Mission accomplie, songea la jeune fille. Il était encore tôt ; elle avait le temps de faire un tour au cimetière pour voir si...

De nouveau, elle sentit le picotement familier sur sa nuque et entendit un gloussement moqueur. Le pieu serré dans sa main, elle pivota sur elle-même, essayant de localiser la source du bruit.

— Allez, montre-toi ! On a assez joué, tu ne crois pas ? Si on réglait ça une bonne fois pour toutes ? A moins que tu n'aies peur de te battre contre moi...

Soudain, le silence revint, et le picotement cessa aussi brusquement qu'il était apparu.

— Lâche, marmonna Buffy, dépitée.

Dans l'ombre, le korred frissonnait de tous ses membres. Oh, il n'avait pas froid, et l'humidité ne le dérangeait pas. Mais il sentait quelque chose qui l'attirait comme une laisse invisible, un irrésistible chuchotement...

Quelque chose qui agaçait ses nerfs et son appétit.

La fourrure brun-roux de la créature se souleva. Elle était toujours fascinée par la jeune femelle humaine à l'aura scintillante de pouvoir. Mais elle n'osait pas l'attaquer. Pas encore. Pas tant qu'elle n'aurait pas reconstitué ses forces en se nourrissant.

Le korred huma l'air, puis plissa le nez avec une grimace de dégoût. Pourquoi les humains s'entêtaient-ils à recouvrir la terre d'une substance dure, et à répandre des odeurs nauséabondes dans l'atmosphère ?

Leurs maisons se touchaient presque, à peine séparées par des carrés de verdure que délimitaient de ridicules petites barrières blanches. Ils avaient éliminé presque toute la végétation ;

heureusement que le korred pouvait se dissimuler dans les ombres.

Là !

Il s'accroupit pour attendre avec toute la patience d'un prédateur. Une fille approchait, les bras chargés de paquets, la démarche nonchalante de la proie qui ignore qu'elle est traquée. Le korred ne l'avait jamais vue, mais peu lui importait : son aura était fraîche et pleine d'énergie.

Retroussant ses babines, il la suivit sans se faire voir jusqu'à ce qu'elle s'éloigne des alignements de maisons et s'engage sur une vaste étendue herbeuse.

Ici, il n'y aurait pas de témoins. Le korred se redressa et fredonna une mélodie.

La fille s'immobilisa et tendit l'oreille. Malgré elle, ses pieds esquissèrent un pas de danse. Il la tenait presque...

— Eh, Karen, attends-nous !

Le korred sursauta. Il aurait pu ensorceler un ou deux humains, mais pas toute la bande qui approchait, portant une grosse boîte noire d'où s'échappait une musique tonitruante, insupportable pour ses oreilles sensibles.

Avec un grognement furieux, la créature replongea dans l'ombre. Derrière elle, elle entendit Karen rire avec ses amis, sans savoir qu'elle était passée tout près de la mort.

Sa prochaine proie n'aurait pas cette chance.

CHAPITRE VI

Un dimanche tranquille. *Ce n'est pas du luxe*, songea Buffy. Surtout que son sommeil avait encore été perturbé par des rêves d'ombres ricanantes aux crocs luisants.

Par deux fois, la jeune fille était sortie de son lit pour scruter le jardin, certaine d'avoir ressenti le picotement familier sur sa nuque, mais elle n'avait rien vu de menaçant dehors.

Le reste de la journée s'était plutôt bien passé. Buffy jeta un coup d'œil à sa montre : vingt heures trente. Elle avait encore du temps devant elle avant le début de sa patrouille. D'ici là, elle allait affronter un redoutable ennemi : la corvée de lessive du week-end.

— Le blanc sur le lit, les couleurs au pied de la commode, et le linge qui doit bouillir par là-bas, marmonna-t-elle en triant ses affaires sales.

Sa mère apparut sur le seuil de la chambre et intercepta au vol une minijupe en lycra.

— Ravie de voir que tu ne perds pas le contact avec les réalités domestiques, la félicita-t-elle.

— Je me demande pourquoi on ne peut pas entasser tout ça dans le coffre de la voiture et filer au pressing..., gémit Buffy. D'après Alex, c'est ce que fait sa mère. Evidemment, vu la façon dont il s'habille, ce n'est sans doute pas une si bonne idée. Ça fait peut-être partie d'une conspiration fomentée par les propriétaires de pressings...

Joyce Summers hésita.

— C'était une plaisanterie, n'est-ce pas ?

Buffy soupira et lui décocha un sourire affectueux.

— Oui, maman, la rassura-t-elle. Pour ce que j'en sais, les propriétaires de pressing ne font rien de plus maléfique que nous piquer notre argent.

— Je voulais juste m'en assurer avant de porter le tapis du salon à nettoyer...

Joyce entra dans la chambre et, enjambant les piles de linge sale, vint s'asseoir au bord du lit de sa fille.

— Alors, Buffy, commença-t-elle avec une gaieté forcée, comment s'est passée ta patrouille d'hier soir ?

Oh oh... Depuis que sa mère était au courant de sa mission de Tueuse, le dialogue devenait de plus en plus difficile. Joyce s'efforçait d'en parler avec détachement, comme si c'était une activité ordinaire. Peut-être parce qu'affronter la réalité en face la rendrait folle.

Buffy hésita, ne sachant que répondre.

— Oh, c'était calme, lâcha-t-elle enfin. Je me suis assurée que l'hôpital reçoive sa livraison de sang, puis j'ai passé le reste de la soirée chez Willow à réviser les maths. Elle est tellement forte !

— C'est vrai. Une fille très intelligente, acquiesça Joyce avec ferveur. Je suis sûre qu'elle n'aura aucun mal à trouver un emploi bien payé à sa sortie de l'université.

— Hum...

Buffy omettait de préciser que les révisions avaient eu lieu dans la morgue, où les deux jeunes filles attendaient le « réveil » d'un homme d'affaires de passage à Sunnydale. Sa boîte allait économiser les remboursements de frais...

Puis la Tueuse avait fait un détour par le cimetière pour s'assurer que personne n'y faisait la fête sans permission. Mais les vampires ne devaient pas partager l'engouement des humains pour le samedi soir.

La créature l'avait observée pendant tout ce temps, Buffy en aurait mis sa main à couper. *Le plat du jour : Délice du Korred – Tueuse à Emporter.* Au moins, la station de radio locale n'avait-elle pas annoncé d'autres morts étranges depuis le début du week-end.

— Je suis ravie que tu prennes enfin ta scolarité au sérieux, déclara Joyce. Tu as tellement de retard à rattraper...

C'est ça, insiste encore un peu...

Sur cette dernière pique, la mère de Buffy se leva.

L'adolescente détestait lui mentir, fût-ce par omission. Elle mourait d'envie de lui parler du korred qui la traquait. Mais un seul coup d'œil au visage de Joyce, avec les cernes gris qui soulignaient ses yeux depuis les événements de l'été dernier, l'en dissuada. Il ne servirait à rien de l'inquiéter davantage... Bien au contraire.

— Je fais de mon mieux, tu sais, murmura Buffy.

Joyce hocha la tête. Elle tendit la main et caressa les cheveux de sa fille. En temps normal, Buffy aurait dit qu'elle n'était plus une gamine. Ce soir, elle se sentait si lasse qu'elle s'autorisa à savourer ce geste d'affection maternelle.

Joyce sortit, laissant Buffy en tête-à-tête avec ses trois piles de linge sale et une douleur sourde au fond de son crâne.

Le korred suivait sa proie à pas légers, les brins d'herbe tendre ployant à peine sous ses sabots de bouc.

Cette humaine l'intriguait tant qu'il en oubliait presque l'étrange attirance qui le tourmentait, avivait sa faim et titillait ses nerfs. Il était fasciné par l'idée de toutes les proies stupides, impuissantes et délicieuses qui ne tarderaient pas à danser au son de sa mélodie.

Réussirait-il à piéger cette fille ? Se nourrirait-il de son essence au moment où elle déserterait son corps ? *Pas encore, pas encore...* Il voulait d'abord résoudre le mystère de ses pouvoirs, découvrir en quoi elle était si différente des autres.

Le korred se raidit soudain. Tous les sens en alerte, il tendit l'oreille et renifla. Quelqu'un d'autre était de sortie ce soir.

Quelqu'un de pas tout à fait humain qui risquait de lui gâcher son plaisir.

Frustrée, la créature se fondit de nouveau dans l'ombre.

La nuit était fraîche et humide. La lune avait disparu dans le ciel depuis longtemps déjà, et une aube grisâtre pointait à l'horizon.

Buffy hésita, se demandant pourquoi elle traînait dehors alors que tous les vampires qui se respectaient avaient dû rentrer au bercail depuis longtemps pour une bonne journée de sommeil. D'accord, elle avait fait un saut chez Willow, mais elle n'était pas restée si longtemps.

Quant au Ricaneur... Pas la moindre trace de lui, ce qui pouvait signifier que... En réalité, Buffy n'avait aucune idée de ce que ça signifiait. Avec un peu de chance, il s'était lassé de ce jeu stupide et avait quitté la ville à la recherche d'autres victimes. *Non, ça, ce n'est pas une bonne chose,* se morigéna la jeune fille.

Un crissement de semelles de crêpe sur le béton la fit sursauter. Mais alors qu'elle pivotait sur elle-même en brandissant un pieu, Buffy reconnut la silhouette qui sortait de l'ombre pour s'approcher d'elle. Son cœur fit un bond dans sa poitrine.

Oh mon Dieu ! Oh mon Dieu !

— Angel, lâcha-t-elle d'une voix parfaitement normale. Je ne m'attendais pas à te voir dans les parages.

Très bien, le ton, se félicita-t-elle. *Détaché, mais pas froid. Juste un peu frisquet.*

Si Angel s'en aperçut, il n'en laissa rien paraître.

— Il y a quelque chose de nouveau en ville, lança-t-il sans préambule. Ou plutôt, quelque chose de très ancien. Sa place n'est pas ici. Ce monstre pourrait faire des dégâts...

Buffy haussa les épaules.

— Je suis déjà au courant. Ne t'inquiète pas, on s'en occupe.

Elle eut un peu de mal à conserver son air détaché...

— Quand j'ai signé pour ce boulot, je croyais devenir une Tueuse de Vampires. Tu crois que je peux poursuivre le Conseil en justice pour description mensongère ?

« Mais Giles s'ennuierait s'il n'avait pas de soirées de recherches à organiser. Lui, Willow,

Cordélia... Elle commence à me faire peur : imagine qu'elle sait ce qu'est une goule ? Quelqu'un devrait lui dire que s'intéresser à tous ces trucs est mauvais pour le teint. D'accord, je raconte n'importe quoi, donc je vais me taire...

Angel marchait à ses côtés, maintenant une distance prudente entre eux. Buffy s'en aperçut, mais ne fit pas mine de se rapprocher.

— On va s'occuper de cette bestiole, reprit-elle. Après tout, les autres et moi, on a déjà sauvé le monde plusieurs fois. Ce truc-là ne doit pas être bien dangereux comparé aux démons que nous avons affrontés.

— Je ne peux pas m'empêcher de me faire du souci pour toi, dit Angel d'une voix à peine audible.

Encore en train de te torturer pour rien, eut envie de lui dire Buffy. *Au cas où tu ne l'aurais pas remarqué, je ne suis pas vraiment à la fête non plus.*

— Mais tu fais bien attention à garder tes distances pour que ça ne se voie pas trop...

Elle ne voulait pas se montrer aussi sarcastique, mais ça lui avait échappé.

— Que voudrais-tu que je fasse ? demanda Angel d'une voix voilée par l'émotion. Veux-tu que je reste, ou que je disparaisse de ta vie à jamais ?

— Oui, souffla Buffy, sans préciser à quoi elle acquiesçait.

A vrai dire, elle ne le savait pas elle-même. Elle lâcha un soupir navré.

— Angel...

— Sois prudente, Buffy. J'ai affronté des créatures semblables du temps où j'étais... du temps où je vivais en Irlande. Ne traite pas celle-là à la légère. Elle est dangereuse.

— Je suis toujours prudente, répondit la jeune fille en fermant les yeux.

Quand elle les rouvrit, Angel avait disparu.

— Mais parfois, ajouta-t-elle tout bas, on ne me laisse pas le choix.

CHAPITRE VII

Il est encore beaucoup trop tôt, songea Ethan Rayne.

Si tôt que l'herbe scintillait encore de rosée, et que le ciel se colorait à peine à l'horizon.

Si tôt qu'il fut saisi par une forte envie d'oublier toute cette histoire et de retourner se coucher.

Dans cet immonde trou à rats qui se fait passer pour un hôtel ? A bien y réfléchir, tourmenter Rupert et gagner un allié surnaturel valait bien qu'on souffre quelque inconfort.

Ethan était certain d'avoir établi un lien avec la créature samedi soir, même s'il n'avait pu le maintenir longtemps et s'était senti trop fatigué pour essayer de nouveau le lendemain.

Mais à présent... Frissonnant dans l'humidité matinale, Ethan s'assit sur le bloc de granit plat dont la présence semblait incongrue dans ce paysage de grès.

Magiquement parlant, c'était la pierre la plus neutre qu'il avait pu trouver.

Il tira le carré de mousseline de sa poche, défit les coins et commença son incantation.

Willow fronça les sourcils en observant les élèves de sa classe qui s'agitaient derrière leurs pupitres.

— Tu crois que quelqu'un l'a enfermée dans les toilettes ou un truc comme ça ?

Buffy secoua la tête et étouffa un bâillement.

— Ça m'étonnerait. Les murs sont si minces qu'on l'entendrait crier d'ici. Elle a peut-être fait un héritage et démissionné pendant le week-end.

— Ça n'arrive que dans les films, répliqua Willow. Je sais : Snyder a contracté la rage ; il l'a mordue et envoyée à l'hôpital !

— J'aime bien cette version, approuva Buffy. Tu as vraiment beaucoup d'imagination.

Willow rosit de plaisir devant ce compliment.

Les deux jeunes filles s'interrogeaient sur l'absence de Mlle Ellis, leur professeur de géographie, qui avait déjà un quart d'heure de retard. Encore cinq minutes, et les élèves auraient le droit de s'en aller. Certains ne semblaient pas décidés à attendre et filaient déjà à l'anglaise.

Avec la chance que j'ai, songea Buffy, *on va nous envoyer un des professeurs stagiaires pour la remplacer. Ça va tellement lui monter à la tête qu'il ou elle fera un truc despotique, genre nous donner des devoirs.*

Quatorze minutes et trente secondes plus tôt, Alex avait suggéré qu'ils s'en aillent. Buffy était pour, mais Willow les en avait dissuadés d'un regard sévère. Elle tenait vraiment à ce que sa meilleure amie obtienne son bac. De toute façon, s'ils s'étaient pointés à la bibliothèque alors que Giles les croyait en cours, ça aurait bardé pour leur matricule.

Willow avait raison : mieux valait attendre comme des élèves modèles. Inutile de donner à son Observateur des raisons supplémentaires de râler. *Et depuis quand ai-je envie de sécher les cours pour me précipiter à la bibliothèque ? Si Cordélia était là, elle me qualifierait de pathétique.*

Pourtant, Buffy avait du mal à tenir en place. La nuit précédente, quand elle avait regagné son lit, ces stupides gloussements l'avaient encore empêchée de trouver le sommeil. Et quand elle s'était levée, à bout de patience, elle n'avait vu personne dans sa chambre ni dans le jardin.

Quelle surprise...

Bref, elle n'avait pratiquement pas fermé l'œil.

Je dois mettre la main sur cette sale bestiole et lui faire passer l'envie de ricaner. Au lieu de faire le planton ici, on serait mieux à la bibliothèque en train de fouiller dans les bouquins de Giles et les fichiers de Willow, ou de s'assurer que personne n'est mort dans des circonstances étranges pendant la nuit.

— Au fait, je t'ai dit que..., commença Alex en se penchant vers Buffy.

La jeune fille faillit lui flanquer un coup de coude dans les côtes ; puis elle se rappela à qui elle avait affaire.

— Ouh là ! Tu es drôlement nerveuse, fit son ami.

— Je n'aime pas qu'on me hurle dans les oreilles, c'est tout.

— Je vois. Je disais donc que j'ai peut-être décroché un boulot. On va pouvoir faire la fête au *Bronze* !

— Génial ! s'exclama Willow, admirative. Où ça ?

— Ah, c'est pour ça que tu n'arrêtais pas de répéter la même phrase entre tes dents ? taquina Buffy. Tu t'entraînais pour une audition ?

Alex lui jeta un regard lourd d'incompréhension.

— Une audition ? répéta-t-il. De quelle phrase parles-tu ?

— « Vous prendrez des frites avec ça ? »

Willow éclata de rire.

— Vous vous moquez de moi, constata Alex, blessé.

— J'aperçois ma cible, je vise et je marque des points. Un principe simpliste, mais qui m'apporte d'immenses joies, admit Buffy.

— Rigole tant que tu voudras, mais le marché de l'emploi n'est pas au mieux de sa forme dans le coin, se défendit Alex. Encore moins pour quelqu'un dont la seule qualification est de savoir se débarrasser de créatures déjà mortes.

— Ou entièrement composées d'asticots, lui rappela Willow. Tu pourrais peut-être monter une agence : « Alex Harris, Exterminateur ».

— Ça me déprime rien que d'y penser, soupira Buffy. Vous vous rendez compte que je ne sais absolument rien faire de normal ? A part m'entraîner et taper sur les méchants. (Une lueur d'excitation passa dans ses yeux.) Eh, je pourrais devenir entraîneur à domicile de stars !

— Pour ça, il faut un diplôme de diététicien, fit sagement remarquer Willow.

— Oh. (Les épaules de Buffy s'affaissèrent, et son enthousiasme retomba comme un soufflé.) Encore des examens. Génial.

A cet instant, la porte de la classe s'ouvrit. Snyder entra, suivi de...

Buffy grogna. Elle avait vu juste : une des stagiaires, la toute maigre qui marmonnait dans la barbe qu'elle n'avait pas.

— Réveillez-vous et écoutez-moi ! cria le proviseur. Je vous présente... (Il se tourna vers la jeune fille, qui lâcha quelque chose d'incompréhensible, puis reprit sans se démonter :) Elle remplacera Mlle Ellis, momentanément indisposée.

Buffy nota le nom du professeur de géographie sur son carnet, avec un point d'interrogation à côté. Toute disparition survenant à Sunnydale était potentiellement louche.

— Vous vous conduirez avec elle comme vous le feriez avec Mlle Ellis... Non, rectification : vous allez faire semblant d'être des élèves avides de savoir et écouter ce qu'elle vous dira. C'est bien compris ?

— Oui, proviseur Snyder, répondirent en chœur quelques voix mornes.

Le petit homme balaya la salle du regard, adressa au passage une grimace menaçante à Buffy, puis tourna les talons et sortit, abandonnant la PS à son triste sort.

Dès qu'il eut disparu, la jeune femme s'assit sur le bord du bureau et repoussa ses cheveux en arrière, révélant un visage triangulaire au sourire malicieux. Quand elle prit la parole, sa voix était étonnamment claire.

— Votre proviseur a négligé de préciser quelle matière enseigne Mlle Ellis. Si je vous le demandais, vous prendriez un malin plaisir à me répondre n'importe quoi. Conclusion, je vous propose une gentille petite séance d'étude. Vous faites vos devoirs, et j'en profite pour boucler les miens. Entendu ?

— Entendu, répondirent les élèves avec beaucoup plus d'enthousiasme que précédemment.

Enfin une future prof qui n'a pas l'air d'avoir avalé un manche à balai, se réjouit Buffy.

Soulagée, elle rapprocha sa chaise de celles d'Alex et de Willow pour continuer leur discussion.

— Vous ne trouvez pas ça bizarre ? s'enquit le jeune homme avec un signe de tête vers la stagiaire, qui avait ouvert un énorme manuel scolaire. Comment peut-on décider de devenir prof ? N'a-t-elle pas été suffisamment traumatisée au lycée ? Elle n'a même pas laissé à ses blessures le temps de se refermer.

Buffy soupira.

— Je crains qu'aucune université ne veuille de moi, avoua-t-elle. Même si j'obtiens des notes décentes aux examens, ma liste d'activités extrascolaires n'a rien de brillant, surtout depuis l'incident avec l'équipe des pom-pom girls.

— Ce n'est pas si terrible, la rassura Willow. Il faut juste trouver une université qui cherche des élèves n'ayant pas encore exploré leur potentiel, et qui leur donne l'occasion de le faire.

— Je suis curieuse de voir comment on s'y prendra dans mon cas : en me jetant des vampires en pâture ?

— Au moins, Giles sera avec toi. Moi, j'ai peur de me sentir complètement seule et déplacée...

— Will, l'université deviendra très vite ton milieu naturel. De Caltech au MIT, tous se battront pour t'avoir ! Ne t'inquiète pas.

— Mais...

— Mais la bande va se disperser, intervint Alex sur un ton qui se voulait léger. On se retrouvera aux quatre coins du pays, d'accord. Et alors ? C'est la vie. De toute façon, on restera en contact, pas vrai ?

— Evidemment, acquiesça Willow sans conviction.

— Evidemment, répéta Buffy avec un enthousiasme forcé.

— Evidemment, conclut Alex. Alors, pourquoi se prendre la tête ? Nous n'y sommes pas encore ; j'ai des tas de choses à faire avant de hurler : « Salut, le monde, me voilà ! » et de l'entendre me répondre : « Ouais, et alors ? »

Les filles éclatèrent de rire.

— D'accord, dit enfin Buffy. Plus de plans sur la comète, qui risquent d'être bouleversés par la Bouche de l'Enfer. Contentons-nous de traiter nos problèmes actuels : en l'occurrence, le cas du Mystérieux Ricaneur.

— Non, lâcha Giles, il n'en est pas question. Et lève ta jambe droite un peu plus haut la prochaine fois.

Buffy décocha un coup de pied qui manqua de peu le menton de son Observateur.

— Mais pourquoi ? demanda-t-elle. C'est parfait !

— Tu ne comprends rien.

— Ce que je ne comprends pas, c'est la raison de votre entêtement. Si au moins vous aviez quelque chose de mieux à me proposer...

Elle pivota sur son pied gauche et s'apprêta à frapper de nouveau, mais Giles bondit hors de portée plus vite qu'elle ne s'y attendait. Soit elle mollissait en vieillissant, soit il s'était entraîné en douce. Elle n'avait pas réussi à le toucher une seule fois depuis le début de leur séance !

— Allons, Giles, pourquoi pas ? insista Buffy.

Elle avança vers son Observateur, lui présentant le flanc gauche.

— Parce que je ne pense pas que ce soit une bonne idée de faire appel à la magie, surtout dans la mesure où Willow est encore une novi... ouf !

La jeune fille recula, plutôt contente d'elle-même. Soupçonnant qu'elle tentait une feinte, Giles avait voulu l'attaquer sur la droite – et elle lui avait flanqué un coup du pied gauche dans le diaphragme.

Angel avait raison. Parfois, les choses les plus attendues ou les plus évidentes sont réellement celles qui se produisent.

— Très joli, siffla Giles en reculant. Mais pas suffisant pour neutraliser un adversaire. Essaye encore.

— Non. Vous espérez que je vous botte l'arrière-train et que ça me mette d'assez bonne humeur pour que j'en oublie mon plan. Qui est un *bon* plan.

Giles soupira.

— C'est un plan remarquablement mauvais, dit-il. Crois-moi, je suis bien placé pour te mettre en garde contre les sorts qui se retournent contre leur auteur... (Un instant, une lueur d'angoisse brilla dans son regard ; puis il se reprit.) Si tu veux bien te remettre en position...

Buffy obéit tandis que l'Observateur avançait vers elle en brandissant un bâton.

— Très bien, capitula-t-elle. Dans ce cas, trouvez quelque chose de mieux.

Elle esquiva son attaque d'une pirouette gracieuse, comme si elle était sur une piste de danse.

— Et vous expliquerez à Willow pourquoi elle ne peut pas se changer en Joueuse de Flûte de Sunnydale pour s'amuser avec cette bestiole. A condition qu'elle n'ait pas déjà filé au magasin de musique.

Giles fronça les sourcils.

— Elle sait jouer de la flûte ?

— Non.

— Oh.

Le bibliothécaire réussit à tromper les défenses de Buffy et à lui flanquer un coup sur les épaules.

— Si tu es incapable de tenir une conversation en te battant, je te suggère de te concentrer sur ce que tu fais.

Buffy se laissa tomber sur le sol et, s'appuyant sur les mains, effectua un ciseau avec les jambes. Giles s'effondra, une pile de tweed totalement dépourvue de dignité ; le bâton lui échappa des mains et tomba sur sa tête avec un bruit mat.

— Vous disiez ? s'enquit Buffy en se relevant et en époussetant son pantalon.

— Pas mal, concéda Giles. On recommence.

La jeune fille soupira. *Maintenant, il va en vouloir à Willow de jeter des sorts compliqués sans son accord, et c'est à moi qu'il va le faire payer.*

Aucune chance qu'elle réussisse à filer de bonne heure aujourd'hui.

Le korred grogna doucement. La laisse invisible avait tenté de l'entraîner toute la journée ; une sensation insidieuse qu'il éprouvait jusque dans ses entrailles.

Quelqu'un faisait usage de magie sur lui, depuis une source si diffuse et si neutre qu'il n'avait pas moyen de la localiser.

Il avait passé l'après-midi enfoui sous un tas de détritus dans un parking vide, y restant terré jusqu'à ce que, à la nuit tombée, l'attraction mystérieuse diminue et se change en simple picotement.

A présent, poussé par la faim plus que par la colère, il venait d'émerger en quête d'une proie. Mais le souvenir de la magie exercée sur lui l'avertissait qu'il n'avait plus le temps de jouer.

Si la jeune humaine à l'aura scintillante le fascinait toujours autant, il ne commettrait pas l'erreur de s'attaquer à elle sans s'être nourri. Ensuite toutes les créatures qui se dresseraient sur son chemin regretteraient d'être nées.

Où trouver d'autres jeunes humains aux succulentes forces vitales ? Le korred huma l'air et tendit l'oreille. *Ah, oui...*

Il se mit en route, glissant silencieusement d'une ombre à une autre et évitant la lumière crue dont les humains, aveugles la nuit, avaient besoin pour se repérer. La piste le conduisit à un endroit où une cacophonie semblable à celle qui s'était échappée de la grosse boîte noire faisait vibrer l'air. Difficile de croire qu'ils appelaient ça de la musique...

Le korred se tapit dans l'ombre, se boucha les oreilles et attendit. Il finirait bien par trouver une proie...

Au fil des heures, sa patience fondit. De temps à autre, la porte du bâtiment s'ouvrait, et de jeunes humains entraient ou sortaient – toujours en groupe, jamais seuls ou par couple. Il ne pouvait pas en ensorceler cinq, six ou sept à la fois !

Furieux, le korred planta ses griffes dans le sol, d'où il arracha de grosses mottes de terre et d'herbe. Une souris éventrée tomba à ses pieds ; il lui flanqua un coup de sabot sans détacher son regard du bâtiment.

Ça ne sert à rien...

Frustré, le korred s'enfuit dans la nuit. N'importe qui ferait l'affaire à présent. N'importe quel humain assez malchanceux pour croiser son chemin.

Oui ! Une proie, enfin. Plus de la première jeunesse, à l'hygiène douteuse, empestant l'alcool et la pauvreté. Mais une proie quand même, en dépit de son aura pitoyable.

Le korred entonna sa mélodie. Il vit l'homme lever la tête et ne chercha pas à se dissimuler : ça n'en valait pas la peine. Les membres de sa proie esquissèrent des pas maladroits.

Oui, songea le korred. *A moi !*

Sa chanson se fit plus forte. Les yeux écarquillés d'horreur, l'homme commença à danser.

CHAPITRE VIII

Alex termina son petit déjeuner – un Ding Dong plus une briquette de lait chocolaté – et laissa échapper un rot de satisfaction. Cordélia fit la moue sans lever les yeux des brochures sur papier glacé qu'elle était en train de consulter.

— Je crois que j'en ai soupé de l'expérience grecque, murmura-t-elle pensivement. Les membres de fraternités sont tous tellement immatures ! (Elle secoua la tête et tourna une page.) Cela dit, ceux qui n'habitent pas Sunnydale ont peut-être d'autres passe-temps que les sacrifices humains à un démon.

Ses camarades l'ignorèrent pour se concentrer sur le problème du jour.

— La bonne nouvelle, déclara Willow avec une gaieté forcée, en levant le nez de son écran d'ordinateur, c'est qu'aucun décès suspect n'a été signalé récemment. Il y a juste un SDF qui s'est fait rouler dessus par une voiture. Selon le chauffeur, il s'était endormi au beau milieu de la route.

— Mais il était vivant... Du moins, jusqu'au passage de la voiture, rectifia Buffy en jetant un coup d'œil par-dessus l'épaule de son amie. Ça ne peut pas avoir de rapport avec le korred. Il devait être vraiment soûl, voilà tout.

— Donc, pour l'instant, le korred n'est qu'un méchant potentiel, conclut Willow, pleine d'espoir.

— Pour l'instant, répéta Buffy. (Elle se laissa tomber sur une chaise en réprimant un bâillement.) Il faut que je trouve un moyen de le chasser d'ici.

— Avant qu'il ne te rende folle ?

— Avant qu'il ne se lasse de m'épier et ne s'occupe de remplir son carnet de bal.

Des cernes violets soulignaient les yeux de la Tueuse. Elle s'était réveillée au milieu de la nuit avec l'impression que ses mains étaient poisseuses de sang. Un cauchemar qu'elle faisait souvent, et qui trahissait sa culpabilité de ne pouvoir être partout à la fois.

Mais cette fois, elle avait eu droit à la bande-son en prime : des gloussements agaçants qui étouffaient presque les cris de la victime.

Presque.

Willow fronça les sourcils.

— Je ne comprends pas comment il se nourrit, s'il passe son temps à te surveiller.

— Il doit faire une grosse consommation de hot-dogs, suggéra Alex.

Face aux regards interloqués de ses amis, le jeune homme haussa les épaules.

— J'ai vu une petite annonce ce matin. Encore un chien qui a disparu dans mon quartier. C'est le troisième depuis le début du mois.

— Les animaux familiers, c'est une mauvaise idée à Sunnydale, acquiesça Willow, navrée.

Pendant ce temps, Giles fouillait dans le fichier de la bibliothèque avec l'air d'un homme qui a complètement oublié ce qu'il cherche.

— Comment l'irruption d'une demi-douzaine de stagiaires peut-elle bouleverser mon existence à ce point ? grommela-t-il.

— C'est parce que vous êtes trop attaché à vos petites habitudes, suggéra Buffy.

— Et les livres dont j'ai besoin n'ont même pas été référencés, se lamenta Giles sans relever cette pique. Alex, je vais avoir besoin de toi cet après-midi. Il y a dans le placard du fond plusieurs caisses de journaux que je veux déplacer.

— Génial, marmonna le jeune homme en se résignant à quatre heures d'ennui profond. De la poussière, des bouquins moisis... et des araignées en prime, avec la chance que j'ai.

— Le nettoyage des placards figurait sur la liste des projets de travail-études affichée dans le bureau du proviseur, fit remarquer Willow.

Giles cligna des yeux, tentant de se remémorer les détails de ce que le personnel appelait « les corvées pour esclaves lycéens ».

— Il me semble.

— Vous voulez dire que c'est payé ? se réjouit Alex.

— Pas beaucoup, mais... oui, acquiesça Giles.

— Je retire tout ce que j'ai dit sur vous ces derniers jours, et tout ce que je m'apprêtais à dire les prochains.

— Comme c'est généreux de ta part...

— Génial, marmonna Buffy. Alex, qui a déjà un boulot sur le feu, voit tomber une autre fortune dans son giron pendant que j'en suis réduite à mendier et à emprunter.

Elle leva un regard implorant vers son Observateur.

— Pourquoi ne ferais-je pas le nettoyage à la place d'Alex ? Je serais plus rapide, plus efficace, et ça pourrait remplacer ma séance de muscu d'aujourd'hui.

— Tu as des responsabilités, Buffy, lui rappela gentiment Giles. Notamment celle de dénicher le korred et de t'assurer qu'il ne constitue pas une menace.

Le regard du bibliothécaire croisa celui de la jeune fille. Près d'eux, Alex et Willow s'amusaient à imaginer le contenu des placards. Ils avaient beau s'impliquer dans la lutte contre les forces du mal, et ne pas hésiter à mettre leur vie en jeu quand c'était nécessaire, jamais ils ne comprendraient vraiment le fardeau qui pesait sur les épaules de Buffy.

Buffy était la Tueuse. Giles, son Observateur. Il leur incombait de régler tous les problèmes surnaturels de Sunnydale.

Le sang était toujours sur leurs mains.

— Oui, mais comment allons-nous nous débarrasser des squatters de bibliothèque le temps de nettoyer tout ça ? demanda Alex à voix haute.

— Les quoi ?

Willow gloussa, et Buffy leva les yeux au ciel.

— Les PS, Giles. Les professeurs stagiaires. Vos groupies.

— Ceux qui ont adopté la bibliothèque comme QG... Sauf quand ils sont en réunion avec le proviseur Snyder, comme en ce moment, ajouta Alex.

— Et cinq d'entre eux au moins ne traînent pas ici par amour des livres, précisa Buffy.

— Je... Tu te trompes sûrement, balbutia Giles.

Il ôta ses lunettes et les nettoya avec un peu plus de vigueur que nécessaire, mais les coins de sa bouche se retroussèrent pour dessiner un sourire.

— Arrête ça, Alex ! ordonna Cordélia.

— Qui, moi ? Je ne faisais rien de mal, se défendit le jeune homme.

— Si, tu louches en te bavant dessus !

— Je ne faisais qu'imiter les squatteuses.

Buffy ne les écoutait plus : elle pensait au korred.

Que mijote-t-il ? Angel était au courant de sa présence... Mais son ex-petit ami n'était plus sa source d'informations principale depuis quelque temps. Leurs relations étaient trop tendues, trop douloureuses. Trop dangereuses.

Mais s'il savait des choses au sujet des korreds, ça vaudrait le coup de le contacter... Dans un but purement professionnel, bien sûr.

— Giles ? demanda soudain Willow. Il va tuer quelqu'un, n'est-ce pas ? Je veux parler du korred... Il va monter en puissance, des animaux familiers jusqu'aux humains.

— C'est ce que je viens de dire ! lâcha Cordélia, indignée.

— Pas nécessairement, répondit Giles à Willow. Les korreds ne fonctionnent pas de la même façon que les vampires. Ils n'ont pas besoin de vies humaines pour subsister.

Buffy trouva le bibliothécaire un peu trop optimiste sur ce coup.

— Vous voulez dire qu'il tue juste parce qu'il s'ennuie ? s'étonna Alex. Dans ce cas, espérons que la télé diffuse de bons films chaque soir...

— C'est moi qu'il observe, corrigea Buffy. C'est moi qu'il traque. Je dois le fasciner pour une raison que j'ignore. Tant qu'il ne s'en lassera pas, il ne causera de problèmes à personne d'autre.

— La théorie d'Alex se tient, acquiesça Giles, même si je ne suis pas certain que le verbe « s'ennuyer » soit le plus approprié.

Willow hocha la tête.

— C'est une théorie qui me plaît, acquiesça-t-elle avec empressement. Enfin... Je sais que ça doit être difficile pour toi, Buffy, mais...

— Ne t'en fais pas : je comprends.

— Mais pourquoi ? insista Alex. D'accord, Buffy est fascinante, et je veux bien admettre que cette bestiole ait envie de la suivre toute la... Aïe !

Cordélia venait de lui flanquer un bon coup de coude dans les côtes.

— Je suppose que le korred est attiré par son aura de Tueuse, lâcha Giles, pensif. Par l'odeur surnaturelle qui émane d'elle.

— Vous voulez dire que je pue ? s'offusqua Buffy.

— Mais pourquoi ici et maintenant ? s'entêta Alex, épargnant à Giles l'embarras de chercher une réponse. Même si Sunnydale est une destination de vacances très prisée par les morts-vivants, qu'est-ce qui a bien pu attirer ce monstre en ville ?

— Une excellente question, murmura Giles.

— C'est vrai ? Ça me donne droit à des points en plus ? se réjouit le jeune homme. Si je pouvais me contenter de poser des questions au lieu d'avoir à fournir des réponses, je serais le plus heureux des lycéens.

— Pourquoi maintenant ? répéta le bibliothécaire sans tenir compte de cette interruption. Que se passe-t-il de si spécial ?

Willow cligna des yeux.

— C'est la période des fêtes chez les korreds ?

Giles secoua la tête.

— Non, et d'après son origine, je ne vois aucun événement mystique significatif qui ait pu l'attirer dans le coin. Il doit s'être produit quelque chose...

Buffy se redressa sur sa chaise.

— Mais bien sûr ! s'exclama-t-elle. Réfléchissez, Giles ! Qui a fait son apparition en même temps que le korred ?

— Les professeurs stagiaires ! haleta Willow.

Giles fronça les sourcils.

— Peut-être...

Il alla dans son bureau et en revint avec un agenda. Trois dates étaient cerclées de rouge : celles de la pleine lune, correspondant à la période du mois où Oz devait être enfermé.

— Tu dis que tu as senti la présence du korred pour la première fois il y a quatre jours ?

— Oui.

— Et les stagiaires sont arrivés ici le sept, soit l'avant-veille... Ça pourrait coller. Mais il se peut aussi que ça relève d'une pure coïncidence.

— Vous savez ce que je pense des coïncidences, Giles. Souvent, elles ne sont que les deux moitiés d'un même problème. Je propose que nous secouions le cocotier par un bout pour voir si une réponse ne tombe pas de l'autre.

— Une approche intéressante, dit une voix calme. Bien qu'un peu dépourvue de discipline.

Panner se tenait sur le seuil de la bibliothèque. Sa canne avait disparu ; à ce détail près, il ressemblait à une couverture pour la version de GQ destinée aux plus de quarante ans.

Cordélia se redressa, enchantée par cette apparition habillée avec goût.

— Qui êtes-vous ?

— Personne dont tu dois te soucier, répondit Giles si froidement que tous les regards se tournèrent vers lui. Que voulez-vous, Panner ?

— N'allez-vous pas me présenter vos jeunes compagnons ? J'ai déjà eu le plaisir de rencontrer Mlle Summers, mais les autres doivent être les fameux... assistants... dont j'ai entendu parler. Le gang de Scoubidou, c'est bien ça ? dit Panner en plissant le nez d'un air désapprobateur.

— Vous êtes au courant pour..., dit Alex en faisant un grand geste du bras qui aurait pu désigner Buffy ou toute l'histoire de Sunnydale depuis sa fondation.

Cordélia s'écarta pour ne pas recevoir sa main dans la figure.

— Panner travaille pour le Conseil, révéla Giles à contrecœur. Il est ici pour faire un rapport sur nos séances d'entraînement. Un événement inhabituel, mais... (Il jeta un coup d'œil affectueux à sa Tueuse.) Buffy l'est aussi.

— Exact, acquiesça Panner en s'asseyant sur une chaise libre. Je vous en prie, continuez. Je me ferai aussi discret qu'une petite souris.

— Il ressemble plutôt à un serpent, murmura Buffy à l'oreille de Willow. Glissant, avec la langue fourchue et tout le bataclan. Les souris, c'est nous.

Buffy et ses amis étaient partis en cours – avec un certain soulagement, à défaut d'enthousiasme – promettant de revenir à la fin de la journée pour continuer leurs recherches. Giles aurait donné cher pour s'en aller avec eux. Non qu'il ne fasse pas confiance à Panner : c'était de ses propres pulsions dont il se méfiait.

A sa grande surprise, l'envoyé du Conseil n'était resté que quelques minutes avant de remballer son calepin et son magnétophone. *Frustré ?* se demanda Giles. *Ou satisfait d'avoir remporté le premier round ?*

Enfin seul, le bibliothécaire profita du calme revenu pour s'installer à son bureau. Muni de l'annuaire, il appela tous les hôtels de la ville et s'enquit de la présence éventuelle parmi leurs clients d'un homme correspondant à la description d'Ethan Rayne.

Mais il ne découvrit rien. *Ça ne signifie pas grand-chose, connaissant mon oiseau.* Son ancien camarade était passé maître dans l'art de se dissimuler. Néanmoins, il se pouvait qu'il ait juste proféré des menaces en l'air, histoire de jouer avec les nerfs de Giles.

C'est ça, pensa le bibliothécaire, *et les cochons ont des ailes. Non, je suis certain qu'il avait une bonne raison de m'appeler. Quelles que soient ses intentions, ça ne peut rien signifier de bon pour nous...*

Il ne pouvait rien faire d'autre jusqu'à ce qu'Ethan le recontacte...

Giles rangea l'annuaire et s'attaqua au tri des rares livres rendus à la bibliothèque cette semaine-là. Il écarquilla des yeux incrédules en découvrant un exemplaire du *Tueur de Daim*.

— Je doute qu'il ait jamais été ouvert jusque-là, murmura-t-il.

James Fennimore Cooper devait figurer sur la liste de lectures obligatoires d'un des professeurs d'anglais, à en juger le nombre d'ouvrages similaires empruntés depuis quelques jours.

— S'ils me disaient ce qu'ils comptent mettre au programme, ça me faciliterait la tâche, soupira Giles.

Un gloussement étouffé résonna derrière lui. Il se retourna, tendant machinalement la main vers un pieu imaginaire, au cas où ç'aurait été le korred.

Mais il ne découvrit que deux des professeurs stagiaires.

— Désolée, dit la plus petite – celle qui s'appelait Elaine – en lui décochant un sourire charmeur. Nous voulions juste savoir si vous aviez reçu le *Los Angeles Times*.

— Oui. Il est sur la table là-bas, avec les autres journaux, répondit Giles. Je n'ai pas encore eu le temps de les classer.

— Merci.

Les deux jeunes filles partirent dans la direction indiquée.

Se souvenant de la remarque de Cordélia et de l'opinion de Buffy au sujet des coïncidences, Giles saisit une pile de livres qui devaient être rangés dans le même coin et leur emboîta le pas sur la pointe des pieds plutôt qu'en poussant le chariot, trop bruyant.

— Tu as mieux dormi la nuit dernière ? entendit-il Elaine demander à sa camarade.

Sheila, je crois.

— Beaucoup mieux. Ma tête avait à peine touché l'oreiller que je ronflais déjà. Heureusement : encore une nuit blanche, et j'aurais commencé à ressembler à un zombie.

Giles sursauta avant de réaliser que c'était une métaphore. *J'habite sur la Bouche de l'Enfer depuis trop longtemps...*

Convaincu que les deux jeunes filles échangeaient des propos anodins, il reporta son attention sur les livres qu'il tenait. Deux exemplaires du *Dernier des Mohicans*...

— As-tu encore l'impression qu'on t'observe ? demanda Elaine.

Giles tendit l'oreille. Sheila eut un petit rire.

— Non, rien depuis notre arrivée en ville. Je devais être nerveuse pendant le trajet, c'est tout. Ces petites villes de province sont toujours un peu effrayantes la nuit. J'ai sans doute fait une crise de paranoïa. Tu vois que les cours de psycho m'ont servi à quelque chose : j'arrive à m'analyser rationnellement !

— Quand même, tu ne devrais pas prendre ça à la légère, la réprimanda Elaine. Même si tu penses qu'il a cessé de te suivre. Avec ce qui se passe de nos jours... Tu ferais mieux d'avertir la police.

— Mais je n'ai rien vu du tout ! affirma Sheila. Il a disparu. Personne ne rôde plus sous mes fenêtres... A part ce débile de terminale qui veut me faire rencontrer ses parents. Encore un clone de Norman Bates...

— Bah, dit Elaine, il ne peut pas être pire que les deux ou trois derniers types avec qui tu es sortie...

La conversation s'orienta sur des sujets beaucoup moins intéressants ; Giles en avait assez entendu.

— Super ! se réjouit Willow quand le bibliothécaire l'intercepta, alors qu'elle sortait de la salle informatique. Vous savez que je suis hyper douée pour l'espionnage : personne ne me remarque jamais. (Elle marqua une pause et fronça les sourcils.) Ce n'est pas très flatteur, n'est-ce pas ?

— En l'occurrence, lui assura Giles, ça va nous être très utile. Pour des raisons évidentes, je ne peux pas la suivre partout ou m'intéresser à elle de manière trop flagrante. Pareil pour Alex.

Willow acquiesça vigoureusement.

— Pas question qu'il s'approche de ces filles. Il a déjà assez de problèmes avec Cordélia.

— Et Buffy est très prise de son côté, conclut Giles. Donc, je crains que ça ne te retombe dessus. Je veux en savoir un maximum sur elle : d'où elle vient, où elle loge, qui elle fréquente. Et il serait bien d'enquêter un peu sur sa famille.

Willow enregistra ces instructions dans le disque dur qui lui tenait lieu de mémoire.

— Ça, c'est un boulot pour Miss Internet. Euh, jusqu'où... ?

Giles frémit.

— Si ton enquête devait t'amener à enfreindre les limites de la légalité...

— Vous n'étiez pas au courant, donc vous n'avez pas pu m'en empêcher ; quand je vous ai tout raconté, il était déjà trop tard. C'est compris !

Tu es en train de l'encourager à commettre une infraction, se désola Giles.

Mais il n'y avait pas moyen de faire autrement. S'ils voulaient se débarrasser du korred, ils avaient besoin de savoir ce qui l'avait attiré à Sunnydale. Et si cette fille était la clé du mystère, mieux la connaître les aiderait.

D'une façon ou d'une autre, ils arrêteraient le korred.

De préférence avant que le korred n'arrête l'un d'entre eux.

CHAPITRE IX

Minuit. Pas d'autre bruit que celui de ses pas légers sur les gravillons de l'allée. Pourtant, Buffy savait qu'elle n'était pas seule dans le cimetière.

Tout comme elle savait que ce n'était pas un vampire qui l'observait.

Ça dure depuis combien de temps ? se demanda-t-elle en essayant de calculer. *Trop longtemps, de toute façon. J'aimerais bien qu'il sorte de sa cachette pour m'affronter, si c'est ce qu'il désire.*

Elle serra M. Pointu un peu plus fort.

Les korreds ne se transforment peut-être pas en poussière comme les vampires – du moins, selon Giles – mais je suis sûre que je pourrais lui faire regretter de m'avoir choisie comme proie.

Un gloussement s'éleva derrière elle. Mais quand elle fit volte-face, Buffy ne vit rien.

— Je t'aurai, grogna-t-elle. Tôt ou tard, je t'aurai.

Ben voyons. Et la Guerre des Groupes allait se terminer par un pot-pourri des génériques de Disney.

— Buffy ?

Cette fois, elle identifia le propriétaire de la voix – *mon Observateur : donc, à ne pas embrocher* – avant de lui bondir dessus. Elle baissa son pieu et se força à maîtriser sa respiration.

— Arrêtez de me sauter tous dessus sans prévenir, se plaignit-elle. Vous ne regardez jamais de films d'horreur, ou quoi ?

Giles resserra le nœud de son écharpe et fourra les mains dans les poches de sa veste. Buffy ne comprendrait jamais comment quelqu'un qui avait passé toute sa vie en Angleterre pouvait avoir froid en Californie. C'était peut-être, une fois encore à cause de la Bouche de l'Enfer...

— Je n'aurais pas dû pouvoir te sauter dessus, comme tu dis. Si j'y suis arrivé...

— Un vampire pourrait le faire aussi, acheva Buffy. Navrée, je suis un peu distraite ce soir.

— A cause du korred ? demanda plus gentiment Giles.

— Oui. Il m'a même semblé apercevoir ses yeux qui brillaient dans les buissons. C'est bizarre : il se tient juste à... Eh !

— Quoi ?

Giles et Buffy s'immobilisèrent, aux aguets.

— Il vient de disparaître. L'espèce de frisson que j'ai dans la nuque quand cette sale bestiole me surveille, expliqua la Tueuse. (Elle pivota lentement sur elle-même.) Oui, elle est partie. Je suppose que ça l'amuse moins d'observer un Observateur.

— Peut-être. J'espérais qu'elle finirait par s'ennuyer et par ficher le camp, avoua Giles. Son arrivée m'inquiète, surtout avec la Guerre des Groupes qui se prépare.

— Si le korred éliminait quelques musiciens, les Dingoes Ate My Baby auraient... (Buffy s'interrompit en voyant le bibliothécaire lui jeter un regard sévère.) D'accord, c'est une mauvaise idée. Mais je doute que quelqu'un puisse les regretter...

— Bien que je sois ravi de te voir enfin développer une certaine esthétique musicale, savoir le korred dans les parages d'un tel rassemblement humain m'inquiète.

— Pourquoi ? S'il aime faire danser les gens, ce serait le moment idéal pour l'attraper.

— Et s'il réussissait à se nourrir avant que nous puissions réagir ? objecta Giles. Je préférerais ne pas courir ce risque.

— Je vois. Korred plus puissant, cadavres d'ados sur les bras. Mauvaise équation. Règle numéro deux : ne jamais servir son repas à un monstre sur un plateau d'argent, résuma Buffy.

Ils marchèrent en silence quelques minutes.

— Giles ?

— Oui ?

Buffy hésita. Devait-elle lui raconter qu'Angel était venu la mettre en garde l'autre soir ?

Non, c'était une mauvaise idée qui l'obligerait à subir un sermon pour pas grand-chose. Mieux valait faire part à Giles de l'inquiétude qui l'avait taraudée toute la soirée.

— Depuis la première nuit où le korred a fait son apparition, les vampires se tiennent inhabituellement calmes. Les seuls que j'ai rencontrés sont de petits nouveaux qui viennent presque se jeter sur mon pieu. Vous croyez que c'est normal ? Enfin, pour autant que les choses soient normales par ici. Se peut-il que les vampires aient peur du korred ?

Giles secoua la tête.

— Ça semble peu probable. C'est un rejeton de la terre, la plus naturelle de toutes les créatures surnaturelles... Si tu vois ce que je veux dire. Un démon n'aurait aucune raison de le craindre.

— C'était juste une remarque en passant, lâcha Buffy.

— Et une *bonne* remarque, la rassura son Observateur.

La jeune fille se rengorgea. Il n'était pas si fréquent qu'il lui fasse des compliments.

— Mais puisque tout est calme, continua Giles, tu devrais rentrer chez toi et en profiter pour rattraper ton sommeil en retard.

— Vous n'aurez pas à me le dire deux fois.

Très agité, le korred tournait en rond.

Quelqu'un l'invoquait, faisait usage de la magie pour tenter de le dominer. Ce n'était qu'un désagrément mineur, comme quelque chose qui démange à un endroit où on ne peut pas se gratter, mais il était furieux qu'on ose ainsi le déranger.

Le korred grogna puis se figea, s'obligeant à respirer tout bas, à se fondre dans les buissons en attendant que le danger soit passé.

A cause de sa frustration et de sa colère, il avait fait montre d'imprudence, s'étant beaucoup trop approché : la jeune humaine avait failli le voir. Evidemment, elle n'aurait pas réussi à le tuer avec son bout de bois, mais il n'était pas encore prêt pour une confrontation.

Et puis, songea-t-il plus calmement, *quelqu'un qui a des dons aussi remarquables ne doit pas être dévoré comme un simple repas.*

Il retrouva la piste et la suivit à une distance respectable pour apprendre tout ce qu'il pourrait sur sa proie. Mais celle-ci n'était plus seule : un mâle adulte l'avait rejointe, sa présence suffisant à souiller l'aura de la jeune femelle.

Frustré, le korred poussa un nouveau grognement. Cet humain aussi sentait vaguement la magie. Peut-être était-ce lui qui tentait de l'envoûter...

Peu importait. Le korred pouvait attendre. Il n'avait pas survécu aussi longtemps en n'écoutant que sa faim.

Même si ce mâle n'avait aucun pouvoir, il était trop âgé pour lui procurer une satisfaction réelle. Les forces vitales des plus jeunes étaient toujours les plus riches et les plus savoureuses. En outre, leurs propriétaires avaient une meilleure endurance, ce qui rendait la traque plus amusante.

La fine langue noire du korred pointa entre ses crocs acérés. Il frissonna, en proie à la faim dévorante qu'éveillait la magie et qu'il n'avait pas encore apaisée.

Il aurait besoin de vigueur pour s'attaquer à cette jeune femelle... Une vigueur qu'il se procurerait auprès de sources plus accessibles.

Se faufilant dans l'ombre, le korred partit de nouveau en chasse. Ses sens le guidèrent vers l'endroit où résonnait cette musique sonore et discordante. Tapi derrière un buisson, il se recroquevilla pour attendre avec la patience d'un prédateur. Cette fois, sûrement, une proie s'offrirait à lui...

Oui ! Le korred se redressa avec un léger sifflement de plaisir anticipé. Un mâle humain, pas aussi jeune que les autres mais encore assez frais, venait de sortir du bâtiment. Il s'éloigna en titubant et en marmonnant des injures dans sa barbe.

Le korred le suivit. Sa proie avançait, s'immobilisait parfois pour lever la tête vers le ciel. Il suivit la direction de son regard, mais n'aperçut rien de plus fascinant qu'un banc de nuages gris.

Les humains étaient imprévisibles. Voilà ce qui en faisait des proies si délicieuses ! Découvrant ses crocs en un rictus satisfait, le korred entonna sa mélodie.

A sa grande surprise, le mâle ne chercha pas à résister. Ecarquillant des yeux injectés de sang, il commença à danser au milieu de la rue. La tête inclinée en arrière, il piétina, tournoya sur lui-même et fit des bonds désordonnés sous le regard stupéfait du korred.

Jamais victime ne s'était offerte à lui avec un tel abandon.

Le korred commença à se nourrir... et s'aperçut très vite que quelque chose clochait. L'aura du mâle était étrange, trop brillante par endroits et complètement éteinte à d'autres.

La créature secoua sa tête lourde, sa fourrure trempée de sueur collant à son front. Autour d'elle, le monde explosa dans un tourbillon de couleurs.

Les arbres sont bizarres. Bizarres ? Non. Sombres et terrifiants. Pas sombres et tièdes comme une caverne, sombres et froids comme la glace qui coule dans les veines et se répand dans le cerveau...

Le korred brisa son lien avec le mâle humain et s'éloigna en rampant. Alors que le ciel explosait en un millier d'échardes, il plongea dans les buissons et entreprit de s'enfouir dans la terre pour échapper à la folie qui s'était emparée de ses sens.

Il ne remarqua pas que sa victime continuait à danser jusqu'à ce qu'elle lâche un cri de douleur et s'effondre sur le sol.

CHAPITRE X

Le lycée de Sunnydale, foyer des Razorbacks, monument de l'éducation secondaire et de la culture... Point de départ de centaines de jeunes gens en route vers un brillant avenir, et bla bla bla.

Buffy frémit. Le lycée de Sunnydale, endroit incroyablement bruyant, plutôt...

Sur sa gauche, la voix chevrotante d'un chanteur qui s'efforçait de couvrir une basse tonitruante s'échappait par une fenêtre ouverte. Sur sa droite, un apprenti batteur massacrait un riff depuis des heures, commettant chaque fois la même erreur au même endroit.

Aucun doute : la Guerre des Groupes virait à la bataille rangée. Et Buffy mourait d'envie de jouer l'émissaire des Nations Unies. *Je pourrais commencer par casser la grosse caisse de ce maudit batteur sur sa tête...*

— Souviens-toi, Buffy, que la violence n'est pas la solution à tous tes problèmes.

Surprise, la jeune fille se tourna vers Alex.

— Tu lis dans mon esprit, maintenant ?

— Inutile : tes intentions se voient sur ton visage. Tu avais l'expression que nous connaissons bien et que nous aimons tant ; tu sais, celle qui veut dire : « Je ne vais pas tarder à pulvériser quelqu'un. » Cette expression que nous redoutons.

— Désolée, mais je manque de sommeil en ce moment, et ça me rend irritable, avoua Buffy.

— Attendez-moi ! cria une voix féminine derrière eux.

Willow les rejoignit au sprint.

— Vous êtes au courant ? demanda-t-elle, à bout de souffle. Pour le type de l'université ?

— Ouais, grogna Alex. Il ne manquait plus que ça : un idiot camé jusqu'à la moelle qui fait une crise cardiaque devant le *Bronze*. Snyder va adorer, même s'il ne faisait pas partie de ses élèves.

— Une crise cardiaque, répéta Buffy, mal à l'aise.

— Oh, il est encore vivant, l'informa Willow, toujours précise. Et d'après les médecins, c'est la faute de la drogue.

— Mouais, acquiesça Buffy, dubitative.

La cacophonie des groupes ne cessait de s'amplifier. Le batteur s'acharnait inutilement, et le chanteur hurlait plus fort qu'Oz les nuits de pleine lune.

— Allons retrouver Giles avant que je ne fasse du mal à quelqu'un, suggéra la Tueuse.

La bibliothèque était un peu plus calme, mais à peine moins encombrée : l'Invasion des Professeurs Stagiaires battait toujours son plein. Les six squatters, comme les appelait Buffy, avaient réussi à envahir tout l'espace disponible avec leurs bouquins et leurs papiers.

— Il faut établir un programme, expliqua Elaine en affichant un sourire qui disait clairement « Je ne m'excuse pas du tout de vous déranger. » L'organisation, il n'y a que ça de vrai.

— Si elle le dit, marmonna Buffy.

— Ils pourraient commencer par ne pas s'étaler partout, gémit Giles en passant.

— On ne peut même plus discuter tranquilles avec eux dans les parages, renchérit la jeune fille. Et dehors...

— Je sais, acquiesça son Observateur. Je ne vais pas me lancer dans un nouveau discours sur la musique moderne, ou sur les ignares qui n'ont jamais entendu parler des Who.

— Les qui ? demanda Alex avec une fausse innocence.

— C'est exactement ce que je voulais dire. Vous devriez allez déjeuner hors du campus ; votre digestion s'en trouverait sûrement facilitée, suggéra Giles. Nous pouvons nous replier dans mon appartement ce soir : j'y entrepose la plupart des ouvrages dont nous aurons besoin.

— Ça veut dire : tous chez Giles après les cours, traduisit Willow pour Alex.

— J'avais compris, grogna le jeune homme, indigné.

La journée avait été très longue, et son véritable travail ne faisait que commencer. Rupert Giles sentit dans le dos un pincement dont les provisions qu'il chargeait dans le coffre de sa voiture n'étaient pas responsables.

Frémissant, il se redressa avec prudence. Une silhouette familière attira son attention. Il déposa son dernier sac, remit le hayon en place et la suivit du regard tandis qu'elle s'éloignait à grands pas.

Impossible. Il avait vérifié auprès de tous les hôtels miteux de la ville, sans résultat. Ethan avait un instinct de conservation trop développé pour venir le provoquer.

Mais il adore se conduire de façon imprévisible...

Le bibliothécaire referma son coffre, fourra ses clés dans sa poche et se lança à la poursuite de la silhouette fugitivement aperçue.

A l'angle d'une rue, il tendit la main, saisit sa proie par l'épaule et la força à pivoter vers lui.

— Rupert ! s'exclama Ethan avec son sourire le plus faux. Quelle charmante surprise ! J'étais justement en route pour te voir.

— Tu développes des tendances suicidaires en vieillissant, Ethan, grogna Giles.

Le visage de son ancien ami n'était qu'innocence blessée tandis qu'il tentait de se dégager.

— Ne sois pas si désagréable avec moi... Je ne faisais que passer te dire bonjour. Comment vont tes jeunes protégés ?

— Ne joue pas à ça avec moi, Ethan. Je ne suis pas d'humeur.

— Je vois... Tu deviens de plus en plus irritable. Y aurait-il un problème qui te tracasse ?

Giles sentit la moutarde lui monter au nez. Comment ce misérable osait-il ?

Non. Il essaye de te mettre en colère. Comme d'habitude. Ne lui donne pas la satisfaction de marcher.

Se forçant au calme, le bibliothécaire demanda :

— Que sais-tu à ce sujet ? Y serais-tu pour quelque chose, par le plus grand des hasards ?

Ethan secoua la tête à regret.

— Inutile, mon cher Rupert : ta délicieuse petite ville est capable de générer son propre chaos. J'admire beaucoup le style flamboyant des créatures qui la peuplent. On ne doit pas s'ennuyer dans le coin.

Giles le saisit par le col.

— Si je découvre que tu es impliqué ne serait-ce que dans un accident de vélo, je te jure que...

— Du calme, Rupert ! Tu ne voudrais pas causer un scandale sur la voie publique ? Ce serait très mal vu de la part d'un homme aussi respectable que toi.

Malheureusement, Ethan avait raison. Autant que Giles ait envie de lui arracher la vérité à coups de tenailles si nécessaire, il devait se maîtriser.

Lâchant son interlocuteur, il fit un pas en arrière.

— Je préfère ça, dit Ethan en rajustant sa veste. De toute façon, tu n'as pas la moindre preuve contre moi...

Là encore, il voyait juste. Giles aurait adoré lui imputer tous les troubles récemment survenus en ville. Mais quels que soient les soupçons qu'il nourrissait contre Ethan, il ne disposait d'aucun élément concret.

— Fiche le camp !

Avec un sourire en coin, Ethan s'éloigna. Giles le suivit du regard un moment, puis revint vers sa voiture.

Fabuleux. Un korred, l'envoyé du Conseil, et Ethan Rayne pour couronner le tout. J'aurais préféré un autre soulèvement vampirique...

Willow s'installa sur le canapé de Giles et replia ses jambes sous elle.

— D'accord, dit-elle en consultant son ordinateur portable. Vous aviez raison, Giles. Sheila Humphries. C'est la fille qui savait à quoi ressemble une corne de licorne, même si elle a prétendu que ça n'en était pas une.

— Quelle licorne ? demanda le bibliothécaire avec l'air légèrement hébété qu'il adoptait chaque fois qu'on lui présentait un nouveau fait étrange.

— Pas le temps de vous expliquer, intervint Buffy. La seule chose à retenir, c'est que cette Sheila en sait plus long sur le surnaturel qu'elle ne le devrait. Ce qui a tendance à me rendre soupçonneuse.

— Ça pourrait très bien la mettre en tête de notre liste de suspects, acquiesça Giles.

— Et puis, reprit Willow, elle a de drôles d'antécédents familiaux qui expliqueraient comment elle a pu invoquer le korred.

— Nous ne sommes pas certains que ce soit elle qui l'ait invoqué, corrigea Buffy. D'après Giles, elle avait la trouille à l'idée qu'on la suive.

— Elle ne semblait pas l'avoir attiré consciemment, confirma le bibliothécaire en feuilletant un livre perché sur son genou.

— Donc, elle ne l'a peut-être pas fait exprès. Mais elle reste quand même notre suspect numéro un, insista Willow. Selon les fichiers généalogiques que j'ai dénichés, une de ses ancêtres a été lapidée pour sorcellerie ! (La jeune fille frissonna.) Ça doit être désagréable. On ne fait plus ça de nos jours, n'est-ce pas ?

— Bien sûr que non, la rassura Buffy. Euh... (Un regard hésitant vers Giles.) On ne fait plus ça de nos jours, n'est-ce pas ?

Le bibliothécaire releva brusquement la tête.

— Hein ? Ah, non. Pas en Amérique du moins. Pas légalement. Je pense que la méthode la plus employée consiste à... (Il jeta un coup d'œil à Willow et s'interrompit.) Peu importe.

— Eh, Giles, vous n'auriez pas des sodas allégés ? s'enquit Cordélia, revenant de la cuisine.

— Navré, répondit sèchement le bibliothécaire, mais j'ai négligé de garnir mon frigo selon tes préférences diététiques. Je tâcherai de faire mieux la prochaine fois.

— La prochaine fois ? Combien de temps allons-nous rester en exil ? grogna la jeune fille en rejoignant les autres. La bibliothèque est déjà assez sinistre comme... Quoi ? lâcha-t-elle alors qu'Alex essayait de la faire taire en lui posant une main sur la bouche.

— Désolé, l'excusa son petit ami. Elle a parfois des crises pendant lesquelles elle ne contrôle plus les mots qui sortent de sa bouche. Et les médicaments n'ont pas l'air de lui faire beaucoup d'effet.

— Continue, Willow, dit Giles. Tu disais ?

— Je ne pense pas que Sheila soit un médium ; en tout cas, si elle l'est, elle n'en a pas conscience. Mais elle vient d'une famille qui se transmet le don de génération en génération. Certains de ses ancêtres ne me semblaient pas très recommandables. Ils se sont fait chasser de Cornouaille il y a un peu plus d'un siècle.

Buffy se redressa.

— La Cornouaille... Le korred est d'origine celtique, n'est-ce pas ? Donc, ça fait un point commun. Au risque de me répéter, je n'aime pas les coïncidences.

— Supposons que Sheila ait des dons sans le savoir. Et qu'elle rappelle au korred son pays d'origine. Peut-être s'est-il mis à la suivre partout par simple curiosité.

— C'est plausible, dit Giles. Il arrive à Sunnydale attiré par son... odeur, puis se laisse distraire par la tienne, qui est plus puissante.

— Arrêtez de dire ça ! cria Buffy. Ou donnez-moi une adresse où acheter du déodorant anti-aura.

— Je crains que ça ne soit pas aussi simple, dit le bibliothécaire avec un mélange d'amusement et d'exaspération.

— Ça ne l'est jamais, soupira Buffy. Bref. Sheila nous a amené ce sale petit monstre sans le faire exprès, et il a décidé que j'étais plus à son goût. Génial. Quelqu'un sait comment capturer un korred, ou le faire fuir avant qu'il y ait des victimes ?

— On doit pouvoir trouver ça. Willow, si tu veux bien chercher sur Internet, je vais consulter mes livres. Alex et Cordélia, voyez si d'autres animaux n'ont pas disparu ces derniers jours.

— Et si on peut reconstituer le parcours du korred à partir de là, ajouta Buffy.

— Bonne idée, la félicita Giles. Mais surtout, n'essayez pas de l'attraper seuls !

— Aucun problème : ne pas attraper les monstres, c'est un de mes principaux domaines de compétence, se vanta Alex.

— N'oubliez pas de regarder dans les journaux si nous avons manqué des attaques contre des humains.

Buffy se leva.

— Quant à moi, il va falloir que j'aille accomplir mes devoirs de Tueuse. Quelle que soit la pièce, il est bon de ne pas devoir apprendre de nouveaux dialogues.

— Nous aurons besoin de toi plus tard, la rassura Giles.

La jeune fille déglutit. Elle lisait dans les yeux de son Observateur qu'il s'attendait à découvrir des victimes humaines dans un avenir très proche.

— Giles, murmura-t-elle. L'étudiant qui a eu une crise cardiaque... Et avant ça, le SDF qui s'est fait écraser par une voiture. Ne croyez-vous pas qu'ils aient pu... ?

— Etre attaqués par le korred ? Je l'ignore. Il existe une explication parfaitement normale à chacun de ces accidents. Cela dit, ajouta le bibliothécaire en regardant Buffy par-dessus le bord de ses lunettes, je n'aime pas les coïncidences non plus.

Pourquoi faut-il toujours en arriver là ? Pourquoi ne réussissons-nous jamais à attraper les méchants avant qu'ils aient fait du mal à quelqu'un ? Pourquoi... ?

Tu te poses trop de questions, ma vieille. La seule réponse, c'est « parce que ».

— Il est temps d'aller chercher de quoi manger, déclara Alex. Je n'ai rien contre vos biscuits apéritif, Giles, mais on commence à manquer sérieusement de pizza.

Un gargouillement en provenance de l'estomac de Buffy confirma les dires du jeune homme.

— C'est bon, allez-y, capitula Giles. Mais restez ensemble. Jusqu'à ce que cette chose soit neutralisée, je ne veux pas que vous vous promeniez seuls.

— Pas de problème, dit Alex en passant un bras autour des épaules de Cordélia et l'autre autour de celles de Willow.

La jeune fille frémit et se dégagea d'un bond. Son ami marqua une courte pause.

— Nous serons pareils à des siamois. Ou presque.

— Dans tes rêves, lâcha Cordélia en repoussant son bras et en se dirigeant vers la porte.

— Et Oz ? s'exclama soudain Willow. Il faut que je le prévienne, vu qu'il est... vous savez quoi.

Giles se raidit.

— Oh, mon Dieu. C'est vrai, je ne pensais plus à lui. Appelle-le et laisse un message.

Buffy attendit que Willow soit au téléphone et que les tourtereaux soient sortis pour se rapprocher de son Observateur.

— Euh, Giles ? murmura-t-elle.

— Oui ? demanda le bibliothécaire, occupé à débarrasser les coupelles vides.

— Si le korred est attiré par les pouvoirs surnaturels, Willow court sans doute un danger...

Giles reposa la tasse qu'il venait de saisir, ôta ses lunettes et les contempla comme si la réponse à cette question était écrite sur les verres.

— J'y ai déjà songé, avoua-t-il.

— Et... ?

— Je n'ai pas de certitude, mais le korred semble focalisé sur ton aura à l'exclusion de toute autre chose. Et tant de créatures surnaturelles peuplent Sunnydale... S'il devait se choisir une seconde proie, Willow figurerait au bas de la liste.

— Et vous ? s'enquit Buffy. Vous en savez plus qu'elle en matière de magie, sans compter que vous êtes mon Observateur...

Giles eut un sourire presque navré.

— Je ne pense pas avoir la chance que le korred s'intéresse à moi.

— Je vous demande pardon ?

— D'après ce que j'ai lu, il se nourrit surtout d'adolescents qui lui fournissent des forces vitales plus importantes.

— Vous voulez dire que vous êtes trop vieux ?

— Euh... en un mot comme en cent, oui.

— Très bien. (Buffy vit que Giles avait l'air blessé et se reprit.) Vous comprenez, ça m'évitera de me faire du souci pour vous.

« D'une façon ou d'une autre, je neutraliserai cette bestiole, parce que je déteste jouer au chat et à la souris... Surtout quand on me donne le rôle de la souris. Quelqu'un va devoir expliquer au Ricaneur que les femmes des années 90 ne tolèrent pas le harcèlement, même quand il n'a rien de sexuel.

CHAPITRE XI

Bien entendu, le proviseur Snyder s'était vigoureusement élevé contre l'idée de « transformer un bastion de l'éducation en entreprise commerciale ».

Selon Buffy, il répugnait surtout à ce que son nom soit associé à un événement agréable. Pour une fois, le conseil d'administration du lycée s'était dressé contre lui, décidant que l'introduction de la musique – n'importe quel genre de musique – dans la vie des adolescents était une bonne chose.

Des banderoles vantant la Guerre des Groupes ornaient donc toutes les portes de l'établissement. La plupart étant découpées dans du papier crépon, elles commençaient à faire grise mine.

Tandis que Giles et Buffy passaient dessous, l'une d'elles se détacha et vint s'enrouler autour du bibliothécaire. Celui-ci réussit à se dégager sans la déchirer, tandis que sa protégée étouffait un gloussement.

— Vous pensez que le SDF écrasé avait été attaqué par le korred ? demanda-t-elle, reprenant le cours de leur conversation.

— Peut-être. La magie exige une importante dépense énergétique, tout comme les activités sportives. Pour reconstituer ses forces, le korred doit se nourrir. Et la seconde victime a mentionné une sorte de musique.

— Vous ne m'en aviez pas parlé !

— Euh... c'est vrai, admit Giles. Très franchement, j'étais surpris qu'il réussisse à subsister en ne s'attaquant qu'à des chiens errants.

— Et vous n'avez pas jugé bon de partager cette surprise avec moi ? s'indigna Buffy.

— Cela aurait-il fait avancer nos recherches plus vite ?

— Non, mais tout de même ! Ce n'est pas le moment de me faire des cachotteries.

— Entendu. A l'avenir, je t'informerai de chaque anomalie survenue dans les manifestations parfaitement ordinaires de la Bouche de l'Enfer. Comme ça, tu pourras aussi te faire des cheveux blancs pour rien.

— Pas la peine de recourir au sarcasme : les gens vont penser que vous avez le sens de l'humour, et on ne retrouvera jamais le calme à la bibliothèque.

Giles s'immobilisa.

— Mais que fait Willow ?

Buffy suivit la direction de son regard.

Dans la cour, sa meilleure amie était très occupée à brandir des bouts de papier sous le nez de tous les élèves qui passaient. Son expression trahissait un mélange de satisfaction quand les gens les prenaient pour les lire, et d'incrédulité face à sa propre témérité.

— L'amour est la force la plus puissante du monde, Giles, soupira Buffy. Oz a dû lui demander de distribuer des tracts pour attirer un maximum de monde au *Bronze* ce soir. Vu le niveau des groupes de Sunnydale, un beau parterre de fans leur donnerait un avantage psychologique.

— De la stratégie. Très impressionnant, acquiesça Giles.

— Oz est plutôt fainéant quand il s'agit des examens, mais il prend sa musique au sérieux. Sa musique et Willow. J'aime les gens qui ont des priorités dans la vie.

A cet instant, un lycéen bourru renvoya son prospectus dans la figure de Willow, qui eut l'air blessée comme s'il venait de la gifler.

— Il est temps de lui apporter un peu de soutien moral, déclara Buffy. Quand elle se met en colère, on ne sait jamais si elle va prendre ses jambes à son cou ou transformer quelqu'un en grenouille.

— En grenouille ? murmura Giles, surpris. Je n'ai pas de livre de sorts qui traite de ce genre de métamorphose...

— Un tract pour la Guerre des Groupes qui aura lieu ce soir au *Bronze* ! L'entrée est gratuite, et vous aurez droit à une prestation des Dingoes...

— Du calme, Will. Ce n'est que moi, et j'ai déjà accepté de faire partie des supporters d'Oz, lui rappela Buffy.

— Oh. (Son amie cligna des yeux.) Désolée. Je parle sans réfléchir, parce que si je réfléchissais, je deviendrais muette comme une carpe. Vous m'avez vue faire ? J'étais bien, n'est-ce pas ?

Buffy jeta un regard accusateur à Giles, qui secoua vigoureusement la tête.

— Je ne l'ai pas laissé boire de caféine ce matin, jura-t-il. Euh, Willow, si tu en as fini avec ta distribution de prospectus...

— Bien sûr. Tiens.

Avant que Buffy puisse réagir, son amie lui fourra le reste de la pile dans les mains. La Tueuse la transmit prestement à Jonathan, un de leurs camarades qui ouvrit de grands yeux ronds. Comme elle le foudroyait du regard, il s'éloigna sans demander son reste.

— Fini, déclara Buffy, satisfaite.

— Willow, j'ai découvert dans les archives de la police une anomalie qui pourrait nous intéresser, déclara Giles. Apparemment, une voiture a renversé un SDF il y a deux jours – un homme qui titubait sur la route comme s'il était soûl ou très malade.

— Ce n'est pas vraiment nouveau, fit remarquer Buffy. Mon Observateur qui radote, il ne manquait plus que ça ! Je sais bien que vous êtes trop vieux pour intéresser le korred, mais si vous évitiez de donner dans la sénilité précoce, ça m'arrangerait.

Giles la regarda fixement quelques secondes, puis capitula.

— Ce qui est étrange, reprit-il d'une voix tendue, c'est que cet homme n'était ni soûl ni malade... Juste très fatigué.

— Dans ce cas, objecta Willow, comment pouvez-vous être sûr... ?

— Je ne peux pas, c'est bien le problème. En général, un korred achève les gens qu'il attaque. A moins qu'il n'ait été interrompu ou que sa victime n'ait réussi à s'échapper.

— J'ai compris : vous voulez que je consulte les fichiers médicaux relatifs au SDF et à l'étudiant drogué pour comparer les dégâts, afin que nous sachions comment opère le korred. Des recherches sur Internet, chouette !

Giles et Buffy échangèrent un regard.

— Parfois, elle m'inquiète, avoua la jeune fille.

— Willow, d'ordinaire, je n'encouragerais pas ton usage illicite de cette... machine. Mais...

— Vous allez encore vous lancer dans une de vos tirades incompréhensibles, pressentit Buffy.

— ... C'est une occasion sans précédent de rassembler des données sur un cas qui n'a pas encore été...

Giles enregistra enfin ce que venait de dire sa protégée. Il se racla la gorge.

— Oui, bon...

— Peu importe ! s'enthousiasma Willow. Je m'y mets tout de suite.

Tandis qu'elle s'éloignait au pas de course, le bibliothécaire hocha la tête à l'attention de Buffy.

— Elle me terrifie. Bien. Passons à notre plan pour ce soir...

Buffy passa un bras autour du vampire qui tentait de lui faire un suçon, le saisit par la peau du cou et le projeta par-dessus sa tête. Il atterrit sur le trottoir avec un bruit rassurant et se transforma en un nuage de poussière grise quand la Tueuse lui plongea son pieu dans le cœur.

— Je me donne seulement 7,5 pour celui-là, parce que je l'ai laissé poser ses sales pattes sur moi. Ce qui me fait une moyenne de 8 pour la soirée. Et il paraît que je suis nulle en arithmétique !

Avec un sourire satisfait, Buffy rempocha son pieu, consulta sa montre, puis regarda autour d'elle, réalisant qu'elle s'était aventurée dans une partie de la ville qu'elle connaissait mal.

— Encore un coin follement touristique. L'endroit parfait pour un psychopathe qui voudrait me tendre une embuscade, marmonna-t-elle. Comme dans ces films débiles où un type propose : « Eh, pourquoi tu ne descendrais pas toute seule à la cave ? », et où la fille est trop stupide pour se munir d'une lampe-torche qui fonctionne.

Buffy n'en avait pas non plus, à vrai dire, mais ce n'était pas la question.

De fait, la rue déserte envahie par la brume ressemblait tout à fait à un décor de film d'horreur.

— Par bonheur, les psychopathes ne sont pas assez fous pour s'approcher de Sunnydale, continua la jeune fille. A moins qu'ils ne soient aussi des vampires. Dans ce cas, ils ressemblent à Drusilla. Qui n'est plus mon problème du tout.

Qu'elle parle toute seule pendant une patrouille était toujours un mauvais signe. A cet instant, elle aurait même apprécié la compagnie de Cordélia.

Buffy n'avait rencontré que des vampires trop jeunes pour lui opposer une résistance digne de ce nom. Mais son ennui était tempéré par le sentiment que quelque part, quelque chose était en train de se payer sévèrement sa tête.

Le korred : elle aurait parié son dernier dollar là-dessus. S'il lui en était resté un.

Un bruit la fit sursauter. Elle pivota au moment où une créature lui fonçait dessus...

Idiote, se morigéna-t-elle. *Ce n'est qu'un hibou.*

Elle avait effrayé le prédateur nocturne, qui s'était envolé à tire-d'aile. Dès que les battements de son cœur se furent calmés, elle haussa les épaules et se remit en route.

Une poignée de vampires éliminés ce soir : l'équivalent d'une journée ordinaire au bureau pour un fonctionnaire. Au moins, elle n'avait encore aperçu aucun signe du Ricaneur.

— Tiens, on dirait qu'il se passe quelque chose... Et rien de très marrant, à première vue, murmura-t-elle en apercevant le gyrophare d'une voiture de police.

Quant à l'autre véhicule stationné devant le portail du cimetière, ce devait être une ambulance. Les infirmiers ne se pressaient pas, ce qui était toujours mauvais signe. Une attaque de vampires, ou le korred ?

— Je devrais peut-être...

Buffy s'immobilisa dans l'ombre pour observer la scène, hésitant à intervenir.

— Si c'était une attaque de vampires, je ne peux plus rien y faire. Giles saura si j'ai besoin d'embrocher un type demain soir avant qu'il ne se relève pour adopter... la totale absence de style de vie des morts-vivants.

Si elle s'approchait trop, elle devrait répondre à des questions très embarrassantes, du genre : pourquoi une fille de son âge rôdait-elle en pleine nuit aux abords du cimetière ?

— Désolée, qui que vous soyez, murmura Buffy en s'éloignant.

— Tu as l'air crevé, dit Willow à Buffy quand elles se retrouvèrent devant le lycée le lendemain matin. Tu as passé une mauvaise nuit ?

— J'en ai connu de meilleures, avoua la Tueuse en haussant les épaules. Et de bien pires.

Les deux adolescentes traversèrent le campus et entrèrent dans le bâtiment principal.

— Je vois ce que tu veux dire, acquiesça Willow. Moi, je suis restée debout jusqu'à minuit pour finir un programme que je dois rendre demain. Mais c'était vraiment intéressant... Il nous reste un peu de temps avant le début des cours. Viens, je vais te montrer.

— Bien sûr, dit Buffy. Pourquoi pas ? (Les programmes de Willow avaient le don de lui faire prendre conscience de sa nullité.) Et puis, il faut que je passe voir Giles pour le rassurer sur mon sort.

Willow poussa la porte de la bibliothèque et sursauta.

— Pas de squatters en vue, se réjouit-elle. On va pouvoir reprendre possession des lieux.

— La journée est à peine commencée, lui rappela Buffy, refusant de s'abandonner à l'espoir.

Tandis qu'elles s'installaient à la grande table avant que les stagiaires ne puissent leur piquer la place, Willow fit un sourire nerveux à son amie.

— Alors, comment ça s'est passé ?

— Je ne sais pas trop. J'ai vu les flics et l'ambulance, mais...

— Je veux parler de ton interro de rattrapage. Tu sais, celle que tu as obtenue en suppliant le prof ?

— Oh, ça. Pas trop mal. Qui sait, j'aurai peut-être la moyenne cette fois.

— Génial. Alors, tu étais au cimetière la nuit dernière ? Tu as vu le type qu'ils ont retrouvé ?

— En fait, non. J'espérais que tu pourrais m'en dire plus.

— Morgan Nightbear. Un type qui faisait partie de l'équipe d'entretien du lycée : carrure d'ours, queue-de-cheval, ça te dit quelque chose ? C'est toujours lui qui montait sur l'échafaudage pour remplacer les carreaux cassés. Apparemment, il devait aussi bosser pour la municipalité, parce qu'il était en train de réparer le portail du cimetière.

Le nom de la victime semblait vaguement familier à Buffy.

— Attends un peu... Il était élève ici quelques années avant nous, c'est ça ?

— Tout à fait. Il a laissé tomber la fac pour revenir en ville. Imagine : quelqu'un qui a envie de bosser dans un cimetière. (Willow se mordit la langue.) Oh, pardon. Je ne voulais pas...

— Je n'ai pas envie de bosser là-bas, moi, corrigea Buffy. J'y suis obligée, un point c'est tout. Ce type n'était pas beaucoup plus vieux que nous. Et s'il venait d'être engagé, on a dû lui faire passer des tests d'aptitude physique.

— Je suppose.

Willow inclina la tête, se demandant où son amie voulait en venir.

— Donc, il ne risque pas d'être mort d'une cause naturelle, conclut Buffy.

Elle s'en voulait tellement de ne pas avoir patrouillé dans le cimetière la veille... Si elle l'avait fait, Morgan Nightbear serait peut-être encore vivant.

— Défaillance coronarienne, annonça Giles en sortant de son bureau.

Buffy se cala sur sa chaise, soulagée, jusqu'à ce qu'elle réalise ce que le bibliothécaire venait de lui apprendre.

— Oh, vous voulez dire... ?

— Crise cardiaque, acquiesça Willow avec compassion.

Alex et Cordélia entrèrent à temps pour entendre la fin de la conversation.

— Le type retrouvé dans le cimetière hier soir a été victime du korred ? déduisit le jeune homme.

— Danser jusqu'à la mort, c'est horrible ! s'écria Cordélia. Que va-t-on faire ?

Giles remonta ses lunettes sur son nez.

— Redoubler d'efforts, répondit-il. Buffy, il va falloir augmenter tes patrouilles. Je suis navré pour le dîner avec ta mère, mais...

— Oh, ça ne me manquera pas trop, lui assura la jeune fille. Et maman se fera une raison. De toute manière, les cadavres lui coupent l'appétit.

— Quelle plaisanterie de mauvais goût...

Une voix hélas familière fit sursauter tout le monde. Giles fut le premier à se ressaisir.

— Panner, lâcha-t-il froidement.

— Bien sûr que c'est moi, dit l'envoyé du Conseil avec une mine de professeur en colère. Que croyez-vous être en train de faire ?

— Notre travail ! cracha Giles.

— Cela consiste-t-il à faire preuve d'une totale et parfaite inefficacité ?

— Eh, protesta Willow tout bas, mais fermement. C'est injuste.

A la surprise de Buffy, l'expression de Panner s'adoucit.

— Ce n'est pas vous que je blâme, mon enfant. Personne ne peut vous tenir rigueur de ne pas savoir gérer ces choses-là. Vous n'avez pas les capacités adéquates.

Willow prit une expression consternée : sa façon de dire à Panner qu'il était complètement à côté de la plaque.

— Fichez le camp ! grogna Giles. Laissez-nous travailler en paix.

Un long moment, ni le bibliothécaire ni son collègue ne bougèrent. Puis Panner secoua la tête.

— Qu'il en soit ainsi.

Il se dirigea vers la porte et, au moment où il franchissait le seuil, jeta par-dessus son épaule :

— Pour le moment.

Alex fut le premier à s'en remettre.

— Vous avez vraiment de drôles de fréquentations, Giles, dit-il.

— Je dois le reconnaître. Oubliez Panner, c'est le dernier de nos soucis. Concentrons-nous sur le problème en cours.

— D'accord. (Buffy compta sur ses doigts.) D'abord, le korred suit Sheila, qui ne mesure pas forcément le danger qu'elle court... Et qui n'en court peut-être plus aucun depuis son arrivée en ville.

« Ensuite, le korred me renifle – façon de parler, bien sûr – et se met à m'observer. Ajoutons à ça que les vampires se font tout petits en ce moment, et qu'un de nos profs a disparu. J'oublie quelque chose ?

— Il se peut que quelqu'un d'autre soit impliqué dans cette affaire, avoua Giles à contrecœur. Ethan Rayne, pour ne pas le nommer.

Buffy soupira.

— Evidemment. Il est de toutes les sauteries, celui-là.

Cordélia frissonna.

— Il me donne la chair de poule, dit-elle. Que veut-il au juste ?

— Je n'en suis pas certain. Le connaissant, sans doute le korred. Ou peut-être pas.

— Génial, lâcha Alex, sarcastique. Une nouvelle complication, voilà tout ce dont nous avions besoin. Il faudrait dessiner un tableau pour résumer qui fait quoi de qui.

— A qui, corrigea Giles, l'air absent.

— Si ça vous fait plaisir...

— Très bien, je vais le dire, intervint Buffy. Le korred a commencé à se nourrir. Ça signifie qu'il va gagner des forces. Quand il en aura suffisamment, il attaquera une des deux personnes auxquelles il s'intéresse. Si c'est moi, pas de problème : j'ai affronté des ennemis bien plus redoutables, et je meurs d'envie de lui botter le derrière.

Willow ouvrit de grands yeux effrayés.

— Mais si c'est Sheila, elle ne saura pas se défendre ! Il pourrait commencer par elle...

— Bonne remarque, déclara Alex. Cela dit, qu'est-ce qu'on y peut ? Sunnydale a beau être le refuge de toutes les horreurs impossibles et inimaginables, je me vois difficilement annoncer à quelqu'un : « Au fait, tu es poursuivie par un maître de danse psychopathe qui veut pomper ton... » Qu'est-ce qu'il pompe, déjà ?

— Les forces vitales, répondit Giles. Le *chi*, si tu préfères. L'essence...

— Ça va, ça va..., coupa hâtivement Alex. « Qui veut pomper tes forces vitales ! » D'un autre côté, elle est plutôt mignonne. Si quelqu'un doit se charger de la mettre en garde, je veux bien m'y coller... Aïe !

Cordélia promena sur les autres un regard innocent, puis secoua sa main endolorie par la claque qu'elle venait de flanquer à son petit ami.

— Je crois qu'il n'y a plus rien à ajouter, conclut Giles. Nous pouvons tous reprendre le cours normal de notre vie.

— Ah ! marmonna Buffy, déconfite.

— Je sais, je sais. Si tu veux bien rester quelques minutes encore, j'ai besoin de te parler.

— Buf-fy est en re-tenue ! chantonna Alex, filant vers la porte avant que la Tueuse ne puisse lui faire subir le même sort que Cordélia. Buf-fy est en re-tenue !

Les deux autres filles lui emboîtèrent le pas. La Tueuse se tourna vers son Observateur.

— Oui ?

— J'ai... hum... j'ai besoin de ton aide, bredouilla Giles.

— Vous savez bien que vous pouvez compter sur moi, lui assura Buffy. Quoi que... Ça dépend pour quoi.

— Sheila. Elle ne se doute pas de ce qui se passe. Je dois lui parler, mais... Pour des raisons évidentes, je ne peux le faire seul.

Buffy réfléchit quelques secondes, puis éclata de rire.

— Giles ! Vous voulez que je vous serve de chaperon !

— D'une certaine façon, oui.

— Ma parole, mais vous rougissez !

— Certainement pas, s'indigna le bibliothécaire en rajustant ses lunettes.

— Bien sûr que si ! Ne vous en faites pas, j'empêcherai la petite stagiaire de vous dévorer tout cru.

— Je suis ravi de ta coopération.

— Tiens, tiens. Quand on parle du loup...

La jeune fille se dirigea vers les PS qui venaient d'entrer dans la bibliothèque et s'installaient à la grande table.

— Sheila, c'est bien ça ? M. Giles voudrait vous parler.

Regardez-moi cet air ravi ! Je n'aurai aucun problème à l'entraîner dans le bureau. En revanche, pour l'en faire sortir...

Buffy se percha sur le dossier d'une chaise en prenant garde à ne pas faire dégringoler les piles de livres qui encombraient le siège, et observa le manège du bibliothécaire.

— Mlle Humphries... Asseyez-vous, je vous en prie. Je ne vous retiendrai pas longtemps. C'est assez difficile à... (Giles se racla la gorge.) Voyez-vous, je m'intéresse à l'histoire et à la généalogie. Au cours de mes recherches, j'ai découvert des références à une famille Humphries originaire de Cornouaille. C'est un nom assez inhabituel pour la région. Je le pense plutôt d'origine galloise. Je me demandais si vous pourriez éclairer ma lanterne...

Tiré par les cheveux mais pas idiot, approuva Buffy.

— Je crois que ma famille vient du pays de Galles, déclara Sheila. C'est une drôle de coïncidence que vous soyez tombé dessus !

— C'est aussi une drôle d'histoire que j'ai découverte...

La jeune femme hocha la tête.

— Dans ce cas, c'est bien de mes ancêtres qu'il doit s'agir. Je crains que tous les Humphries n'aient pas été...

— Des citoyens très honorables ? suggéra Buffy.

Sheila la foudroya du regard.

— Les choses n'étaient pas très faciles à l'époque. Les gens se débrouillaient comme ils pouvaient.

— Bien entendu, dit Giles sur un ton apaisant. Mais...

— Ecoutez, si vous voulez me parler des expériences que faisait mon grand-père...

— Vous ne croyez pas à ce genre de choses.

C'était une affirmation, pas une question. *N'en faites pas trop tout de même*, songea Buffy.

Sheila haussa les épaules.

— Seulement dans les films, répondit-elle sur la défensive.

Comme Giles ne disait plus rien, elle se leva.

— Eh bien, je suis ravie que vous vous intéressiez à ma famille. Si vous voulez savoir des choses qui ne figurent pas dans les archives, vous n'aurez qu'à me demander. Même si je ne suis pas certaine de pouvoir vous être d'un grand secours.

— Merci. Euh... Pendant que j'y suis, j'ai cru comprendre que quelqu'un vous suivait.

— Oh, ça ! Ça devait être un gamin stupide. Il n'a rien fait de plus effrayant que ricaner.

Mais la voix de la jeune femme n'était pas aussi ferme qu'elle l'aurait dû.

— Bien sûr. Et Sunnydale est une tranquille petite bourgade de province, affirma Giles sur un ton apaisant.

Buffy faillit s'étrangler de rire.

— Tout de même, par les temps qui courent... Je doute que vous soyez en danger, mais vous devriez prendre les précautions qui s'imposent à une jeune femme, surtout quand elle doit se promener seule après la tombée de la nuit.

— C'est gentil de vous inquiéter pour moi, dit Sheila avant de sortir.

CHAPITRE XII

Le korred frissonna, gloussa et lécha ses lèvres à la texture caoutchouteuse avec une grimace de délice, savourant la luminosité qui faiblissait peu à peu autour de lui.

Comme il s'était bien amusé ! Sa proie était jeune et en bonne santé, pleine de force et de vitalité. Elle avait dansé si longtemps, résistant à l'attrait de sa magie avant de s'effondrer.

Et en plein dans le cimetière !

Le korred avait aspiré jusqu'à la dernière goutte de son énergie scintillante. Fasciné par la chasseuse, il avait trop attendu avant de se nourrir, et failli commettre une erreur fatale. Il ne ferait pas la même bêtise deux fois.

Loin de l'apaiser, la vigueur du jeune mâle coulant dans ses veines excitait son appétit. *Voyons combien d'autres humains je peux encore faire danser...*

— Vous savez, dit Alex en levant les yeux du grimoire qui reposait sur la table de salon de Giles, il n'est pas sain pour nous de passer notre vie au lycée. Toutes ces lumières fluorescentes nous détruisent la vue et attaquent notre moral. C'est comme étudier autant après la fin des cours. Le manque d'air frais et d'exercice doit faire pourrir la cervelle, à la longue.

— Tu n'as pas grand-chose à craindre de ce côté-là, lui assura Cordélia.

Giles émit un claquement de langue impatient.

— Je cherche, je cherche, soupira Alex en tournant une page. (Il eut une quinte de toux tandis qu'un petit nuage de poussière s'élevait du grimoire.) Ces bouquins sont si ennuyeux que vous n'arrivez pas à les lire ?

— Je te remercie beaucoup, grogna le bibliothécaire. Mais nous devons vérifier toutes les sources disponibles. Les korreds ne sont pas un phénomène fréquent, surtout en Amérique du Nord. Ce sont des créatures de la terre... Au sens d'un des quatre éléments primaires, bien sûr.

Buffy, Alex et Cordélia dévisagèrent le bibliothécaire sans comprendre.

— L'eau, l'air, le feu et la terre, souffla Willow, toujours serviable. Evidemment, il y a aussi le sodium, le fer et...

— Bornons-nous à considérer les quatre éléments symboliques, coupa Giles. Créature de la terre, le korred est une manifestation de la magie ayant acquis une forme physique. Il ne s'agit pas d'un démon ni d'un être extradimensionnel ; par conséquent, il ne peut être influencé par l'énergie de la Bouche de l'Enfer.

Alex et Buffy se tournèrent vers Willow, attendant une traduction.

— Giles n'avait pas vu la nécessité de sortir ces bouquins jusque-là, expliqua la jeune fille.

— Oh. Pourquoi ne l'a-t-il pas dit tout de suite ?

Willow referma le livre qu'elle était en train de feuilleter, le plaça sur la pile des « n'éclairent pas notre lanterne », et tendit la main vers un petit volume relié de cuir : le genre de carnet aux pages blanches qu'on vend dans le commerce, destiné aux gens qui ont des pensées assez profondes pour mériter d'être couchées sur le papier.

La jeune fille l'ouvrit au hasard et reconnut aussitôt l'écriture caractéristique.

— Giles ? Je pense que celui-ci vous appartient...

Le bibliothécaire prit le carnet qu'elle lui tendait.

— Dieu du ciel, c'est exact. Ça date de mes années d'université. Je suppose que je l'avais classé en fonction des sujets que j'y aborde, plutôt que d'après son importance ou son ancienneté.

Alex haussa les épaules.

— Vos années d'université, c'est presque l'antiquité maintenant.

— Il me semble avoir encore un peu de temps devant moi... avant qu'on ne me range dans un musée, répliqua sèchement Giles.

— Quel rapport avec les korreds ? s'enquit Willow. Ou du moins, la magie de la terre ?

Les yeux brillants de curiosité, elle arracha presque le journal des mains de Giles.

— A l'époque, je suivais un cours sur la mythologie des civilisations agricoles, expliqua le bibliothécaire. C'était obligatoire pour mon diplôme, même si j'avais déjà étudié le sujet à titre personnel. Je crains d'avoir dormi pendant la majeure partie des leçons.

— Enfin un comportement d'ado normal ! s'exclama Alex. Je suis impressionné.

— Et moi, ravi qu'une période de ma vie rencontre enfin ton approbation.

Le ton sarcastique de Giles ne coupa pas l'appétit au jeune homme, qui s'empressa de se fourrer une poignée de Doritos dans la bouche.

Buffy se pencha par-dessus l'épaule de Willow pour jeter un coup d'œil au carnet.

— Vous preniez de sacrées bonnes notes pour quelqu'un d'endormi. Il faudra m'apprendre à faire pareil.

Willow tourna rapidement les pages, attendant qu'un mot particulier attire son attention.

— Non... Non..., marmonna-t-elle. Pourquoi les bouquins n'ont-ils pas de touche « rechercher » ? Ah, nous y voilà ! Korreds.

Elle marqua une pause, plissa les yeux et rendit son carnet à Giles.

— Euh, votre écriture est à moitié illisible, s'excusa-t-elle.

Le bibliothécaire rajusta ses lunettes d'un geste théâtral.

— « Korred, lut-il tout haut. Egalement connu sous le nom de crion, jetin et kourican. »

— Ça fait beaucoup de pseudos pour une seule bestiole, souligna Alex.

— Parce que beaucoup de gens ont eu affaire à elle, je suppose, avança Buffy.

Giles hocha la tête d'un air approbateur.

— C'est exact. Mais je crains que ça ne nous serve pas à grand-chose. (Il reprit sa lecture.) « Le korred serait étroitement lié au spriggan. » Là encore, intéressant mais guère utile.

Il se tut un instant, parcourant les pages suivantes du regard.

— Misère, murmura-t-il enfin.

Buffy se tendit.

Quoi encore ?

— Je cite : « N'étant pas des démons, les korreds ne peuvent être ni renvoyés ni bannis. » Pas d'affolement, ça signifie juste que les sorts ordinaires ne fonctionnent pas sur eux. En revanche, je viens de lire un passage sur leur style de vie, et il semble que ce soient des créatures solitaires.

— Un seul à la fois, ça suffit largement, fit remarquer Cordélia.

— Ils ne répugnent pas à partager leur territoire avec des humains, mais préfèrent vivre sous le niveau de la mer, dans des cavernes ou des marécages.

— Voilà qui réduit beaucoup notre champ d'investigation, lâcha Buffy, dégoûtée. Sunnydale n'est pas vraiment construite au sommet d'une montagne, et son sous-sol regorge de tunnels.

— Pleins de vampires, intervint Alex en faisant mine de cocher une case. L'option « traquer le petit monstre jusqu'à son antre » est donc exclue.

— Attendez, j'ai trouvé une histoire sur les korreds ! s'exclama Willow. (Elle parcourut quelques lignes du regard, et de la consternation se peignit sur son visage.) Oh. Ça parle d'une mère persuadée qu'on avait enlevé son bébé pour le remplacer par un faux. Un métamorphe. Alors, elle... l'a battu à mort pour lui faire avouer.

— Peu importe, coupa Giles. Ce n'est sans doute qu'une histoire de bonne femme ; la réalité tend à se déformer au fil du temps.

« Allons, il reste beaucoup d'ouvrages à examiner. Alex, si tu veux aller à l'université, tu dois apprendre à faire des recherches proprement.

— Qui a dit que je voulais aller à l'université ? demanda le jeune homme.

— « Vous prendrez des frites avec ça ? » marmonna Buffy entre ses dents.

Giles balaya la pièce du regard. Toutes les surfaces planes disparaissaient sous des piles de livres, et le soleil commençait à filtrer par les fenêtres.

— Je crois que nous avons passé en revue toutes les sources disponibles.

— Sans rien découvrir qui justifie une nuit blanche, se plaignit Buffy.

— Pas exactement, déclara Giles. Certes, nous n'avons pas trouvé de moyen de nous débarrasser du korred. Mais ça ne signifie pas qu'il n'en existe aucun.

Alex s'étira.

— D'accord, petit monstre. Cette ville n'est pas assez grande pour nous deux, grogna-t-il.

— Règlement de Comptes à Sunnydale, dit Buffy. Non, merci. Le look cow-boy est tellement passé de mode qu'il a eu le temps de revenir et de repartir aussi sec. Cela dit, je n'ai rien contre l'idée de faire fuir le korred. On pourrait peut-être l'attirer ailleurs.

— Pas bête, murmura Giles. Willow, si tu veux bien me rendre mon journal... Willow !

La jeune fille sursauta et leva les yeux.

— Oh, pardon. Je ne vous avais pas entendu. C'est tellement fascinant...

— C'est bien ce qui m'inquiète : je ne me souviens plus de ce que j'ai écrit dans la marge, avoua Giles.

Willow lui tendit le carnet à contrecœur. Il le feuilleta comme pour vérifier qu'elle n'avait pas arraché de pages, puis reprit :

— Selon mes notes, les korreds sont fascinés par les minéraux. Je suppose que Sheila a attiré l'attention du nôtre en traversant une ancienne ville minière pour venir jusqu'ici.

— Il y en a des tas au nord de Sunnydale, intervint Willow, tout excitée. J'ai vu un documentaire là-dessus.

— Avec un peu de chance, nous pourrons le renvoyer chez lui... Dès qu'il ne sera plus captivé par Buffy.

— Je suppose que lui crier « Allez, ouste ! » ne suffira pas ? demanda Alex.

Ses camarades ignorèrent son intervention.

— Le seul autre moyen de le neutraliser serait de le tuer, reprit Giles. Mais j'ignore comment.

— Si je lui plonge un pieu dans le cœur, il ne se transformera pas en nuage de poussière comme les vampires ? s'enquit Buffy sans grand espoir.

— Malheureusement, non, confirma Giles.

— Et d'après vos illustrations, sa fourrure semble assez épaisse pour dévier n'importe quelle arme... Sauf peut-être un missile.

Le visage d'Alex s'éclaira. Mais avant qu'il puisse ouvrir la bouche pour parler, Giles lui coupa son élan.

— Il n'en est pas question.

— Mais..., commença le jeune homme.

— Trop de... civils... ont assisté à ta dernière démonstration en la matière, répliqua Giles. Je ne veux pas prendre de risques inutiles.

— Et si je me fais arrêter par les flics, j'aurai du mal à leur expliquer ce que je fiche avec un lance-missile sur le dos, ajouta Buffy. Me faire renvoyer du lycée une fois m'a suffi. Je ne tiens pas à donner à Snyder une nouvelle occasion de se réjouir.

Willow fronça les sourcils.

— Comment le korred fait-il pour obliger ses victimes à danser jusqu'à ce que mort s'ensuive ?

— Très bonne question, approuva Giles. Je n'en suis pas certain, mais selon la légende, il émet une sorte de musique très haut perchée qui prend le contrôle du corps humain.

— Donc, il suffit de ne pas l'écouter ? avança Willow.

— Ce n'est pas aussi simple, commença Giles. (Il s'interrompit.) En fait, ça l'est peut-être.

— L'Odytruc ! s'exclama Buffy. Vous savez, ce vieux bouquin dont on a fait un film ?

— Ah, les merveilles de l'éducation moderne, soupira Giles. Tu veux parler de *L'Odyssée*, je suppose ?

— Vous vous souvenez du héros qui voulait écouter les sirènes, mais ne pouvait pas parce qu'elles attiraient les gens à elle pour les manger ou les noyer, je ne sais plus ?

— Je m'en souviens très bien, oui. Et je vois à quoi tu penses. C'est très dangereux, fit remarquer Giles.

Buffy haussa les épaules.

— « Danger » est mon second prénom, comme on dit au cinéma.

— Et « En » est le premier, répliqua son Observateur.

CHAPITRE XIII

— Il n'en faudrait pas beaucoup pour que je déteste cette ville, marmonna Ethan Rayne, à bout de souffle.

Sans compter que sa veste ne serait plus jamais la même.

Il jeta un coup d'œil par-dessus son épaule. Hélas, il n'avait pas réussi à semer ses poursuivants : quatre vampires très laids et très en colère, qui devaient être maçons de leur vivant à en juger les muscles saillants sous leurs habits maculés de boue. L'un d'eux avait arraché une manche de sa veste aussi facilement qu'un gamin déchire l'emballage de ses cadeaux de Noël.

Frissonnant, Ethan courut en ligne droite sur vingt mètres et plongea dans une ruelle sans cesser de jurer entre ses dents. Pour une fois qu'il ne faisait rien de répréhensible ! Il se mêlait de ses oignons, essayant juste de retrouver la mystérieuse créature aperçue à son arrivée en ville.

Ça m'apprendra, songea-t-il, furieux.

Au cours de ses investigations, il avait été surpris par une bande de buveurs de sang qui l'avaient aussitôt inscrit au menu de leur prochain dîner.

Bien entendu, ça ne collait pas du tout avec les plans d'Ethan. Il avait donc adopté la seule solution possible : la fuite... Et il continuait à s'y tenir – maudite soit l'endurance surnaturelle de ces créatures –, en espérant qu'il connaissait mieux qu'elles les quartiers louches de Sunnydale.

Oh ! oh ! Palissade droit devant. Elle n'était pas là la dernière fois qu'Ethan avait emprunté cette ruelle. Il était ridicule d'installer une barrière dans un endroit pareil, et très égoïste de ne pas penser aux gens qui pourraient passer par là avec des vampires aux trousses.

Ethan prit une inspiration, bondit, agrippa le sommet de la palissade et se hissa par-dessus.

Puis il se laissa tomber de l'autre côté, s'écorcha les genoux sur le béton, se releva et s'élança de nouveau.

Il se dissimula sous une porte cochère et tendit l'oreille. Pas un bruit. Il jeta un coup d'œil prudent dans la ruelle et attendit un peu. Personne.

— Enfin !

Sortant de sa cachette, Ethan regagna l'avenue presque déserte. Une voiture bourrée d'adolescents passa en trombe près de lui, une musique tonitruante s'échappant par les vitres ouvertes. Ethan frémit.

— Peut-être qu'ils leur serviront de biscuits apéritif à ma place...

Il croyait vraiment avoir semé ses poursuivants. Mais du coin de l'œil, il vit deux vampires jaillir de la ruelle et s'arrêter pour tourner la tête à gauche et à droite à la recherche de leur proie.

Espérant qu'ils ne pouvaient pas suivre sa piste à l'odeur, Ethan se plaqua dans le renfoncement d'une vitrine en retenant son souffle.

— A gauche, grogna un des vampires.

Ethan soupira de soulagement et attendit que les créatures aient disparu dans la direction opposée pour regagner le trottoir.

— Idiots, lâcha-t-il. Pour des prédateurs, ils ont un instinct lamentable.

Non qu'il s'en plaignît, évidemment. Mais il se demandait si un vampire était jamais mort de faim à cause de sa bêtise.

Ethan épousseta sa veste, fit de son mieux pour remettre en place la manche déchirée, puis consulta sa montre à la lueur d'un réverbère. 21 heures 30. La Tueuse n'allait pas tarder à commencer sa patrouille.

— Ce qui me simplifiera considérablement la vie...

Primo, il ne risquerait plus de se faire sauter dessus par les morts-vivants. *Secundo,* Rupert savait que la mystérieuse créature rôdait en ville ; il aurait sûrement lancé la Tueuse à ses trousses afin de la neutraliser.

— Donc, se réjouit Ethan, je n'ai qu'à la suivre : elle me conduira à ma proie.

Il n'avait pas de raison valable de s'acharner ainsi. Produire autant d'efforts pour un résultat hasardeux n'était pas dans ses habitudes. Mais la créature l'intéressait, et elle pourrait s'avérer utile s'il réussissait à l'ensorceler. Sans compter qu'il ne pouvait pas résister à l'envie de contrarier Rupert.

Ethan fit la moue. *Deux des meilleures raisons que je connaisse pour agir : la curiosité et la mesquinerie.*

— Petit, appela Buffy à voix haute, sans vraiment attendre de réponse. Petit, petit, petit.

Silence. Elle n'avait pas aperçu l'ombre d'une quenotte pointue depuis le début de sa patrouille. Pour ce qu'elle se sentait utile, elle aurait aussi bien pu rester chez elle à potasser un bouquin de cours. Ou aller au *Bronze* écouter les groupes qui lui cassaient les oreilles au lycée depuis le début de la semaine.

Visiblement, la population vampirique de Sunnydale faisait le mort.

Buffy avait de nouveau évoqué la question avec son Observateur en début d'après-midi, insistant sur le fait qu'elle ne trouvait pas ça normal. Giles lui avait conseillé de ne pas baisser sa garde pour autant. Puis il avait réfuté sa théorie selon laquelle le korred y était pour quelque chose : créature de la terre, il ne pouvait influencer les démons.

— Mais il arrive parfois que Giles ait tort.

Cette idée ne la réconfortait guère : un Observateur n'était-il pas censé avoir réponse à tout ?

— Ben voyons, grogna Buffy, se moquant d'elle-même. Et les Tueuses sont supposées suivre les ordres et mener une existence solitaire... Je préfère encore que Giles se trompe de temps à autre.

Soudain, Buffy sentit... Non, elle *sut* que quelque chose se tenait derrière elle. Tous ses muscles se tendirent, bien qu'elle fasse mine de n'avoir rien remarqué.

Faire des brochettes de vampires lui remontait toujours le moral, mais ce soir, c'était le korred qu'elle traquait. Le plan le moins nul dont ses amis et elle avaient pu accoucher consistait à entraîner la créature hors de la ville, puis à l'abandonner en pleine nature dans l'espoir qu'elle finirait par s'ennuyer et par rentrer chez elle se nourrir de rats.

— Comme les ours se rabattent sur les baies et les racines quand ils ne trouvent pas de proies vivantes, avait argumenté Giles.

Buffy n'était pas persuadée qu'il soit aussi simple de se débarrasser du korred, mais elle n'avait pas la moindre idée sur la façon de le tuer. Aucun livre de Giles ne fournissait d'indication à ce sujet. Faute de mieux, elle allait exécuter ce plan et espérer que la créature regagne ses pénates.

— Ce serait une bonne chose. La seule musique au son de laquelle j'ai envie de danser ce soir, c'est celle que joueront les Dingoes Ate My Baby quand ils écraseront les autres concurrents.

Willow aurait été fière d'elle.

Cordélia s'immobilisa au milieu du trottoir.

— C'est promis ?

— Promis.

— Ne me déçois pas, Alex. C'est très important, insista la jeune fille.

Son petit ami soupira, lui passant un bras autour des épaules.

— Je ne ferai aucun mouvement craignos sur la piste de danse ce soir, jura-t-il solennellement. Je me limiterai à ceux que tu as approuvés par avance. Je n'oublierai pas avec qui je sors, je ne ferai pas la chenille, je ne t'embarrasserai pas devant toute la population estudiantine de Sunnydale réunie.

Cordélia haussa les épaules avec une moue défaitiste.

— Je ne sais pas pourquoi je me donne tout ce mal : dès que tu poseras un pied sur la piste, tes gènes de naze prendront le dessus.

Comme il n'y avait personne pour les voir, elle se blottit contre Alex.

— Tu as de la chance que les autres ne passent pas leur temps à te surveiller en espérant que tu feras un faux pas. Parfois, il est épuisant d'être si populaire...

— Je ne suis pas populaire, mais je suis en retard, s'alarma Alex en consultant sa montre. *Nous* sommes en retard, d'ailleurs. Dans le même panier, pour une fois. Les Dingoes sont censés jouer à dix heures moins le quart, et j'ai promis à Willow que nous serions là pour les encourager. Mais je ne vois pas comment arriver à l'heure.

— Désolée, mais ta tenue jurait terriblement avec la mienne, déclara Cordélia. Je t'avais pourtant dit de m'appeler avant de t'habiller. Le temps qu'on arrive, toutes les places étaient prises, et j'ai dû me garer à perpète. Je ne sais même pas si ma voiture sera encore là quand...

— Chut ! lui ordonna Alex.

— Pas question que je me taise ! Je peux encore passer sur ta manière ridicule de danser, mais les vêtements, c'est...

— La ferme, Cordélia ! Tu n'as pas entendu ?

La jeune fille se figea.

— Non, quoi ?

Secouant la tête, Alex pivota lentement sur lui-même.

Ils étaient à deux pâtés de maisons du *Bronze*, dans les quartiers que la Chambre de Commerce ne mentionnait jamais dans ses brochures touristiques. Rien d'impressionnant selon les critères en vigueur à Los Angeles. Mais les alignements d'entrepôts vides avaient de quoi effrayer une personne normalement constituée, même si elle ne se doutait pas du genre de créatures qui pouvaient s'y tapir.

Ce qui était loin d'être le cas d'Alex et de Cordélia...

— Tu as un pieu sous la main ?

La jeune fille tira une bombe de gaz lacrymogène de son sac.

— Tu ne pensais pas que je sortirais la nuit sans protection ?

Depuis l'été passé à remplacer la Tueuse, ses amis avaient pris l'habitude d'emporter des pieux, des croix ou d'autres armes défensives partout où ils allaient. Ils ne savaient pas nécessairement s'en servir, mais ça leur donnait une chance de riposter en cas de mauvaise rencontre.

— Que se passe-t-il ? chuchota Cordélia. S'il y a quelqu'un, pourquoi n'attaque-t-il pas ?

— Ecoute ! Tu l'entends ?

La jeune fille se concentra.

— On dirait... quelqu'un qui fredonne. C'est bizarre... (Cordélia écarquilla les yeux.) Oh, non !

— Oh, si, croassa Alex, réalisant à qui ils avaient affaire. Bouche-toi les oreilles, vite !

Mais il était déjà trop tard.

CHAPITRE XIV

Ethan Rayne s'arrêta net en découvrant les deux silhouettes que soulignait la maigre lueur d'un réverbère, un demi-pâté de maisons plus loin. *Ça, c'est étrange. Même pour Sunnydale.*

Un instant, il songea à un couple en train de se peloter ou de verser dans le romantisme à deux sous en dansant au clair de lune. *Si on peut appeler ça danser... Le garçon, surtout, m'a l'air particulièrement nul.* Et la façon dont ils remuaient n'avait rien de romantique ; on aurait même dit...

On eût dit que quelqu'un les forçait à danser !

Ethan réalisa que ça n'avait rien à voir avec une fantaisie d'adolescents, un rite initiatique ou un pari stupide.

Il reconnaissait l'odeur de la magie quand elle planait dans l'air. Les victimes n'avaient pas le choix.

Plus intéressant, la créature qui les manipulait n'avait rien d'humain. D'après sa taille et son aura, Ethan comprit que c'était celle qu'il cherchait depuis plusieurs jours.

Il réprima son envie de se précipiter sans réfléchir. Si sa proie était assez puissante pour forcer deux adolescents à danser de la sorte, nul doute qu'elle saurait maîtriser un adulte seul.

Mieux vaut regarder à une distance respectable, et prendre le temps de concevoir un plan...

Tiens, tiens... Regardez qui voilà ! Ethan se plaqua hâtivement sous une porte cochère. La Tueuse le dépassa d'un pas vif. Avec sa minijupe, elle ressemblait à n'importe quelle lycéenne qui veut se payer du bon temps un vendredi soir.

N'importe quelle lycéenne munie d'un véritable arsenal contre les morts-vivants, se souvint Ethan. Deux pieux étaient glissés dans sa ceinture, un autre dans sa botte gauche, et il aurait parié que ça n'était que le sommet de l'iceberg... Façon de parler, bien sûr.

Mais si ses armes étaient dangereuses, l'irritation que trahissait sa voix le semblait davantage encore. Ethan se réjouit qu'elle ne soit pas dirigée contre lui.

Enchanté par le monologue de la Tueuse, il lui emboîta le pas d'un peu plus près que le recommandait la stricte prudence, afin de mieux écouter et observer ce qui allait se passer.

Je parie dix livres sur la Tueuse. Quinze si elle connaît les deux pauvres idiots que la créature tient en son pouvoir.

— Vous allez me le payer cher, Giles, fulminait Buffy. J'ai complètement perdu ma soirée. Cette bestiole me suit depuis une semaine, et quand je me mets à sa recherche, elle n'est visible nulle part. Une preuve irréfutable, si besoin était, qu'elle appartient au sexe masculin.

Le bruit de ses pas se répercutait contre les murs. A force de patrouiller, elle connaissait ce quartier comme le dos de sa main. Le *Bronze* était deux pâtés de maisons plus loin, parmi une multitude d'entrepôts abandonnés.

Les vampires adoraient chasser dans le coin. Normal, les gens qui y traînaient n'étaient pas de ceux dont la disparition bouleverse les foules. D'ordinaire, Buffy embrochait deux ou trois buveurs de sang à chacun de ses passages dans cette rue.

Ce soir, elle arpentait Sunnydale depuis des heures sans avoir aperçu le moindre mort-vivant, korred ou basimachin, la créature qui avait tant intrigué Giles. Ça commençait à l'agacer, d'autant plus qu'elle était en train de rater la Guerre des Groupes à cause de ça.

— Sauver le monde au lieu de ressusciter ma vie sociale moribonde ne me dérange pas trop, marmonna-t-elle, histoire de répéter sa tirade avant de la servir à Giles. Mais quand le monde se porte très bien sans moi...

Ses cheveux se dressèrent sur sa nuque, et un frisson désormais familier courut le long de son échine.

— Ah, je préfère.

Buffy saisit un pieu au cas où ç'aurait été un vampire ayant mal choisi son moment, puis avança en restant le dos collé au mur de brique.

Ce qu'elle découvrit à la lueur d'un réverbère miraculeusement épargné par le vandalisme n'avait rien de vampirique.

Rien de réjouissant non plus...

Alex n'avait jamais été un très bon danseur. De là à faire des moulinets avec ses bras en piétinant le sol comme s'il essayait d'écraser une armée de fourmis... Un instant, Buffy crut qu'il le faisait exprès pour amuser Cordélia.

Mais l'expression de son ami n'avait rien de jovial ; quant à Cordy, elle ne semblait pas davantage d'humeur à rire. Si elle réussissait à se mouvoir avec un peu plus de grâce qu'Alex, des larmes de terreur et d'épuisement inondaient ses joues.

Sans compter que son maquillage avait coulé. Même possédée par un démon, elle aurait dû se précipiter sur son miroir de poche pour faire des retouches.

Autrement dit, elle était incapable de s'arrêter.

— Génial, marmonna Buffy en comprenant ce qui se passait. C'est bien la peine que je me décarcasse à chercher cette créature pour que vous la trouviez avant moi.

Toujours dissimulée dans l'ombre, elle balaya la rue du regard. Oui, le korred était là. Les yeux rouges, des sabots de bouc, une épaisse fourrure noire couvrant son corps massif supporté par deux pattes maigrichonnes... Il ressemblait trait pour trait à la gravure que Willow lui avait montrée.

Il était très laid et s'amusait visiblement beaucoup en regardant Alex et Cordélia se contorsionner comme des marionnettes manipulées par une victime du syndrome de Tourette.

— Il est forcément maléfique, pour se délecter d'un spectacle pareil, décida la jeune fille.

Sortant de sa cachette, elle lança son cri de bataille :

— Eh, toi ! Tu sais qu'il est bien vu de s'épiler avant de sortir en boîte ?

C'était moins impressionnant que les espèces de yodels que poussait Xéna à la télé. Mais elle n'avait pas eu le temps de préparer une entrée en matière adaptée aux korreds.

Du moment que ça suffisait à attirer l'attention de son adversaire...

La créature se tourna vers elle.

Alex et Cordélia s'effondrèrent comme si on venait de couper leurs ficelles, pathétique enchevêtrement de membres haletant et transpirant.

Pendant qu'il s'efforçait de reprendre son souffle, le jeune homme leva la tête et aperçut Buffy. Il voulut lui faire signe de la main, mais il ne réussit pas à agiter ses doigts.

— Salut, croassa-t-il, la gorge sèche.

— Dieu merci, tu es là, Buffy, gémit Cordélia. J'ai cassé le talon de ma chaussure à cause de cette stupide bestiole !

La Tueuse était trop occupée à examiner son adversaire pour écouter les divagations de sa camarade.

— C'est moi qui t'intéresse, pas vrai ? Alors, tu attends quoi pour venir te battre ? A moins que je te fasse peur...

Le korred partit d'un gloussement hystérique.

— Et arrête ça ! Tu me tapes sur les nerfs !

Se souvenant de la réprimande de Giles, elle s'efforça d'enregistrer tous les détails relatifs au physique de la créature.

— Tu n'es pas si effrayant en pleine lumière. Mais très laid quand même, concéda-t-elle.

Pas de réponse. Soit son adversaire était incapable de communiquer, soit il ne parlait que le... le cornouaillais.

En revanche, il fredonnait plutôt joliment...

Oh. Je vois. Si elle ne l'avait pas entendu plus tôt, c'était parce que l'attention du korred était focalisée sur Alex et Cordélia. A présent, il tentait d'ensorceler la Tueuse.

— Dommage pour toi : je n'ai pas l'intention de me laisser faire. On va voir si mon plan fonctionne...

Buffy porta les mains à sa tête comme pour vérifier que ses boucles d'oreille étaient toujours en place, puis bondit sur le korred pour lui flanquer un coup de pied à l'estomac.

Toujours dissimulé dans l'ombre, Ethan observait la scène avec plaisir. Il frémit quand la Tueuse porta au korred le genre d'attaque qui aurait sonné le glas de la virilité d'un mâle humain.

Au bout de quelques minutes, voyant comment le combat évoluait, il poussa un soupir désolé. Il n'était pas près de se faire délester de ses quinze livres...

J'ai déjà été du mauvais côté de ces coups de pieds, mon petit ami magique. Tu me pardonneras de ne pas traîner dans le coin pour attendre qu'elle en ait fini avec toi et qu'elle me remarque...

Si la Tueuse le découvrait sur son territoire, même si elle n'avait rien à lui reprocher sur ce coup-là, ça tournerait mal.

Pour Ethan ! L'étrange créature ne valait pas la peine qu'il courre un tel risque. Il tourmenterait Rupert une autre fois.

D'un pas félin, Ethan Rayne s'éloigna des lieux du drame en sifflotant un petit air gaillard.

Après les premiers coups qui le déséquilibrèrent et le forcèrent à reculer, le korred fut presque trop surpris pour riposter.

Ça n'était pas censé se passer ainsi ! La souris ne se retourne jamais contre le chat !

Il faut que je chante plus fort, décida-t-il.

Cette femelle humaine – qu'il ne trouvait plus si fascinante tout à coup – serait incapable de résister à sa mélodie. Il la ferait danser toute la nuit, consumant son énergie jusqu'à ce qu'il ne reste plus d'elle qu'une enveloppe de chair morte.

Les deux adolescents pelotonnés l'un contre l'autre sur le sol se remirent à agiter les membres en tout sens. La femelle pleurait à chaudes larmes.

En revanche, l'adversaire du korred – celle qu'ils avaient appelée Buffy – ne flanchait pas.

— Alors, on fait moins le mariolle, pas vrai ? railla-t-elle. Tu ne t'attendais pas à tomber sur une Tueuse...

Sa voix avait pris une résonance étrange, comme si... Comme si elle ne s'entendait plus parler. Elle avait dû faire quelque chose à ses oreilles pour que le korred ne puisse plus l'atteindre.

Le sourire grimaçant de la créature s'effaça.

Puis il fut remplacé par un rictus féroce. Sa magie ne fonctionnait pas sur cette humaine ? Soit !

Buffy voulait un combat au corps à corps ?

Elle allait l'avoir...

Buffy recula. A en juger par l'expression de désarroi et de colère visible sur le visage du korred, celui-ci venait de réaliser qu'elle ne l'entendait pas.

Autant pour l'élément de déstabilisation...

La créature découvrit les crocs et grogna. Tandis qu'elle se redressait de toute sa hauteur, un voile passa devant ses yeux rouges, comme si elle se concentrait.

— Oh, non...

Willow avait raison : le korred pouvait modifier sa masse. Sans doute utilisa-t-il sur lui-même la magie dont il avait essayé de se servir sur la jeune fille, car il atteignit rapidement le double de sa taille originale. Deux fois plus gros et trois fois plus laid qu'avant.

Toisant Buffy, il darda sa longue langue noire et plongea vers elle.

— Bas les pattes, espèce de monstre !

La Tueuse n'avait pas peur de se battre ; sans vouloir se flatter, c'était même son point fort. Et grâce à la discrétion des vampires ce soir-là, il lui restait de l'énergie à revendre.

Mais alors que le korred l'empoignait, une patte griffue la frappa sur le côté de la tête, lui arrachant une mèche de cheveux blonds... et le bouchon de cire qu'elle avait inséré dans son oreille au début du combat.

Hoquetant de douleur, du sang ruisselant sur le visage, la jeune fille se dégagea et fit quelques pas en arrière pour se mettre hors de portée de la créature.

Giles aussi avait raison... Ce n'était pas un plan valable.

Mais elle n'avait pas le temps de se maudire pour son imprudence.

De nouveau, elle se jeta sur le korred, lui flanquant quelques sérieux coups de pieds avant qu'il ne recommence à chanter.

Une mélodie étrange sortit de la gorge de la créature, si chargée de magie que Buffy en eut la chair de poule.

— Pas trop vilain, concéda-t-elle, mais les Dingoes peuvent faire beaucoup mieux.

Buffy sentit ses membres échapper à son contrôle. Un besoin impérieux de danser s'empara d'elle, tel un feu coulant dans ses veines.

Ou une démangeaison si atroce qu'elle devait la gratter sous peine d'exploser.

Mais Buffy était la Tueuse et elle ne capitulait devant personne : ni les vampires, ni les proviseurs sadiques, et certainement pas cette hideuse bestiole surdimensionnée.

— Tu veux que je danse ? grogna-t-elle. Tu ne vas pas être déçu...

Lors d'une de leurs soirées « vidéos larmoyantes et pop-corn », sa mère et elle avaient loué la cassette de *West Side Story*. La jeune fille avait adoré cette façon de chorégraphier les combats.

Coup de poing, coup de pied... Sers-toi de la musique pour garder le tempo. Tourne sur toi-même, accroupis-toi et relève-toi d'un bond...

Elle n'avait pas eu de mal à apprendre les arts martiaux, transformant en réactions instinctives les mouvements que Giles lui enseignait.

Avant de devenir la Tueuse, Buffy avait été pom-pom girl. Elle avait aussi pratiqué la danse et le patinage artistique pendant de nombreuses années.

On n'oublie jamais rien. Les choses se tapissent dans le fond de notre mémoire jusqu'au jour où nous en avons besoin ; alors, elles remontent à la surface.

Son professeur de danse classique n'aurait jamais imaginé qu'on puisse utiliser un grand écart pour causer autant de dégâts. Si c'était efficace, Buffy se moquait des critères académiques comme de son premier pieu.

Le combat continua au milieu de la chaussée, le korred recourant à la force brutale pour empêcher la Tueuse d'avoir raison de lui.

Une telle masse de muscles dans un corps aussi difforme... Impressionnant ! Mais rien n'aurait pu arrêter Buffy quand elle puisait dans son pouvoir pour alimenter ses attaques.

— Tu m'obliges à louper la Guerre des Groupes. Tu me colles aux basques comme un lycéen boutonneux ! Maintenant, tu t'en prends à mes amis ? Tu vas voir de quel bois je me chauffe !

La musique vacilla. Buffy flanqua au korred un coup de pied qui l'envoya s'écraser contre un mur.

Quand elle s'approcha pour l'achever, la créature fit claquer ses mâchoires, manquant lui emporter un bras et la forçant à reculer.

— Très bien. On va faire ça à l'ancienne mode.

Rassemblant ses forces, elle décocha un coup de pied latéral. Le talon de sa botte vint s'écraser sur la gorge du korred avec un craquement sec.

Un long moment, aucun des deux adversaires ne bougea. Puis le korred s'enfuit en serrant d'une main son larynx écrabouillé.

Epuisée, Buffy se tourna vers Alex et Cordélia. Elle leur fit une grimace.

— La prochaine fois, tâchez de vous traîner jusqu'au *Bronze* : la musique est bien meilleure.

CHAPITRE XV

Le lendemain matin, Buffy entra dans le lycée d'un pas décidé, dépassa les élèves montés sur des escabeaux qui décrochaient les bannières pour la Guerre des Groupes, et se rua vers la bibliothèque.

— Je n'arrive pas à y croire, gémit-elle.

Serrant contre lui une petite pile de livres, son Observateur lui jeta un regard inquiet.

— Que s'est-il passé ? Le korred... ?

— Oh, je lui ai botté l'arrière-train. Plus exactement, je lui ai fait ravaler à tout jamais sa stupide mélodie. Vous auriez été fier de moi : je n'ai même pas eu besoin de le tuer pour le neutraliser. Mais je n'arrive pas à croire que j'aie loupé *toute* la Guerre des Groupes !

— Chacun ses priorités..., lâcha Giles en remettant les livres à leur place sur les étagères.

— Vous ne comprenez pas... (Buffy s'interrompit.) Eh, mais il n'y a personne ici !

— Si tu veux parler des professeurs stagiaires, ils sont partis vers leur établissement d'accueil suivant.

— Quel dommage... Plus de groupies pour vous suivre partout !

— Je m'en passerai très bien, merci.

— Ben voyons...

La porte de la bibliothèque s'ouvrit pour laisser passer Willow.

Buffy lui fit un signe de la main.

— Eh, Will, Giles a perdu ses admiratrices.

— Oh. Navrée.

L'Observateur grogna, rajusta ses lunettes et tourna délibérément le dos aux deux jeunes filles.

Willow s'assit à la grande table, en face de Buffy. Elle se forçait tellement à avoir l'air gai que son amie demanda :

— Ils n'ont pas gagné, hein ?

— Non, mais ils sont arrivés deuxièmes.

— C'est quand même bien d'avoir remporté un prix.

Willow se dérida.

— Ça va leur faire des sous. Et le propriétaire d'une boîte des environs, qui était au *Bronze* hier soir, les a engagés pour deux soirées.

— Ils ne vont pas tarder à rouler sur l'or...

— Peut-être pas tout à fait... Et toi ? Que s'est-il passé la nuit dernière avec le korred ?

Buffy haussa les épaules d'un air nonchalant.

— Oh, pas grand-chose. Je me suis lancée à sa recherche, mais c'est lui qui a découvert Alex et Cordélia le premier. Mon plan a échoué – il faut que j'en parle à Giles, parce que j'ai perdu une de mes plus jolies boucles d'oreille – mais j'ai quand même réussi à lui flanquer une raclée. Je dois dire que je suis assez contente de moi sur ce coup.

— Tu peux ! lança Alex sur le seuil de la bibliothèque. (Il s'étira en étouffant un énorme bâillement.) Le cours d'aérobic d'hier soir m'a tué.

— C'était terrible, acquiesça Cordélia en rejoignant Willow et Buffy à la grande table. Mon maquillage a coulé et mes cheveux étaient dans un état... Heureusement que personne ne m'a vue. A part Buffy, mais ça ne compte pas.

— Merci, Cordy. Tu sais si bien me remonter le moral...

— Et le korred ? insista Willow. Qu'est-il devenu ?

— Je ne l'ai pas tué, avoua Buffy. Giles, vous croyez qu'il risque de revenir ?

Le bibliothécaire enleva ses lunettes et s'en servit pour se tapoter pensivement le menton.

— Quand elles sont blessées, les créatures de la terre retournent à leur élément. Je pense qu'il va chercher un antre douillet pour s'y enfouir. Il ne peut plus faire de mal puisque tu l'as réduit au silence.

— Et maintenant, on fait quoi ? s'enquit Alex.

— Je crois que des félicitations sont de rigueur, dit une voix à l'accent indéfinissable.

Giles se raidit.

— Panner. Vous êtes matinal.

— Pas particulièrement. Il semble très difficile de dormir à Sunnydale, avec tout ce qui s'y passe la nuit.

L'envoyé du Conseil esquissa une élégante courbette.

— Du coup, je crains que ma mission ne touche à sa fin, déclara-t-il.

— Vraiment ? grommela Giles.

— Mon cher Rupert, point n'est besoin de rouler ces gros yeux ! Je vous avais dit que je n'étais pas là pour vous mettre des bâtons dans les roues : seulement pour observer votre travail.

— L'Observateur observé, gloussa Cordélia.

Buffy la foudroya du regard ; Giles était déjà occupé à faire de même avec Panner.

— Alors, qu'allez-vous raconter au Conseil ?

— Que j'ai découvert une équipe très efficace. Au fonctionnement un peu... excentrique..., certes, mais très efficace.

— Quoi d'autre ?

Panner eut un sourire sincère.

— Rupert, vous avez toujours présenté une fâcheuse tendance à la paranoïa. Mais vous avez raison, pour une fois : satisfaire la curiosité du Conseil n'était pas le seul but de ma visite.

Il se tourna vers Willow et inclina la tête.

— J'avoue que j'étais très intrigué par les histoires qu'on m'avait racontées sur les amis de la Tueuse, et plus particulièrement sur une jeune fille qui a peut-être les capacités et l'intellect pour que nous la recrutions.

— Me recruter ? (Willow s'empourpra.) Comme Observatrice ? Oh, non, c'est une erreur. Je ne suis pas...

— C'est exactement ce que j'ai conclu, acquiesça Panner. Vous avez un potentiel certain, mais vous n'êtes pas encore prête à assumer cette charge.

— Et personne ne m'a demandé si ça me tentait, gémit Willow. Je veux dire que...

— Peu importe, répondit Panner avec un geste insouciant. Rupert, ce fut un plaisir de vous revoir et de découvrir combien vous êtes consciencieux dans votre travail. A présent, je dois prendre congé de vous.

— Faites bon voyage.

A en juger par la tête de Giles, ce n'était pas l'expression exacte de sa pensée. Panner hésita une seconde, puis se ravisa et sortit après avoir esquissé une dernière courbette.

Tous respirèrent un peu mieux après que la porte se fut refermée derrière lui.

Puis ils se tournèrent vers Willow.

— Euh, à propos du korred, dit hâtivement la jeune fille avant qu'on puisse la bombarder de questions. Que devient-il une fois retourné à la terre ?

La flamme de l'érudition se ranima dans les yeux de Giles.

— C'est une question intéressante. Selon les historiens...

Buffy leva les yeux au ciel et occulta la suite de la conversation avec la facilité que donne un entraînement intensif. Elle avait vaincu le méchant, et elle se moquait bien de connaître la suite. Les Observateurs étaient faits pour ça.

— Désolée de vous interrompre, intervint Cordélia, que le débat mythologique ne semblait guère intéresser non plus, mais certains d'entre nous ont cours dans cinq minutes.

— Les cours ! Bonne idée, acquiesça Alex. Je vais goûter un sommeil bien mérité. Je plaisante, ajouta-t-il en voyant Giles froncer les sourcils.

— « Vous prendrez des frites avec ça ? » lança Willow.

Elle prit son air le plus innocent quand Alex lui jeta un regard en coin.

— Bref, dit Giles en rajustant ses lunettes, tout est bien qui finit bien.

— Pardon ? Pour votre information, j'ai cassé le talon de mes plus jolies escarpins hier soir ! s'indigna Cordélia. Je n'appelle pas ça « finir bien » !

Avec un sourire, Giles regarda la Tueuse et ses amis quitter la pièce en file indienne. Ils bavardaient gaiement, comme tous les adolescents du monde. Dès qu'ils eurent disparu, l'Observateur soupira de soulagement.

Une fois de plus, ils avaient vaincu !

Tous les visiteurs étaient repartis : Panner pour l'Angleterre, Ethan pour Dieu seul savait où, et les professeurs stagiaires lui restituaient enfin sa bibliothèque.

Rose de satisfaction, Giles recommença à ranger les livres de sa pile... et s'arrêta aussitôt, perplexe.

J'aurais juré qu'il y en avait un de plus...

Assise au fond de la classe, Willow ouvrit un petit volume relié de cuir.

Elle le dissimula dans son livre de cours, puis se lança sans remords dans la lecture du journal de Giles.

C'est un lycée, non ? Et je suis censée y apprendre des choses...

TOUT Buffy EST AU FLEUVE NOIR

1. La moisson

2. La pluie d'Halloween

3. La lune des coyotes

4. Répétition mortelle

5. La piste des guerriers

6. Les chroniques d'Angel I

Note au lecteur

Attention : le livre qui devait initialement porter le titre *« Les chroniques de Buffy »* s'intitule finalement *« Tout sur Buffy, Angel et les vampires »*.

Ce guide de près de 500 pages est désormais disponible dans tous les points de vente livres (au format poche et au prix exceptionnel de 49 F.F.).